郁金香花开的
雨夜

David Guterson

[美] 戴维·伽特森 著

华静文 译

THE
FINAL
CASE

浙江教育出版社·杭州

图书在版编目（CIP）数据

郁金香花开的雨夜 /（美）戴维·伽特森著；华静文译. -- 杭州：浙江教育出版社，2023.4
ISBN 978-7-5722-5263-1

Ⅰ.①郁… Ⅱ.①戴… ②华… Ⅲ.①长篇小说－美国－现代 Ⅳ.① I712.45

中国国家版本馆 CIP 数据核字（2023）第 041008 号

THE FINAL CASE by David Guterson
Copyright © 2022 by David Guterson
Published by arrangement with Georges Borchardt, Inc.
through Bardon-Chinese Media Agency
Simplified Chinese translation copyright © 2023
by Beijing Xiron Culture Group Co., Ltd.
ALL RIGHTS RESERVED

版权合同登记号　浙图字：11-2022-286

责任编辑	赵露丹	美术编辑	韩　波
责任校对	马立改	责任印务	时小娟
特约策划	魏　凡	特约编辑	胡瑞婷
产品经理	魏宇非		

郁金香花开的雨夜
YUJINXIANG HUAKAI DE YUYE

著　者　[美]戴维·伽特森
译　者　华静文

出版发行　浙江教育出版社
　　　　　（杭州市天目山路 40 号　电话：0571-85170300-80928）
印　　刷　嘉业印刷（天津）有限公司
开　　本　880mm×1230mm　1/32
成品尺寸　140mm×200mm
印　　张　7.875
字　　数　155 千
版　　次　2023 年 4 月第 1 版
印　　次　2023 年 4 月第 1 次印刷
标准书号　ISBN 978-7-5722-5263-1
定　　价　49.80 元

如发现图书质量问题，可联系调换。质量投诉电话：010-82069336

"……你我的遭遇之所以不致如此悲惨，一半也得力于那些不求闻达、忠诚地度过一生，然后安息在无人凭吊的坟墓中的人。"

——

乔治·艾略特《米德尔马契》

作者注

2011年,华盛顿州斯卡吉特县一个家庭领养的女孩死于失温。两年后,她的养父母因为此事接受了法庭的审判。

被这个家庭领养的女孩来自埃塞俄比亚。她的养父母非常非常虔诚,对于抚养孩子有自己坚持的主张。

我参加了那场审判,并在美国和埃塞俄比亚做了调研和采访,不过,在此明确一点:本书是虚构的。书中当然有跟真实事件相似的情形,但只是相似而已,并非事实本身。

序

我的父亲是一名刑事律师。在他的办公室里，四面墙都是文件柜，里面堆满了案宗。几年前，那些案宗被移到箱子里，那些箱子又被堆进了我写小说的房间，从地板一直摞到天花板。这些案宗按照时间顺序排列，上面标有日期和客户的姓氏，仿佛在窗户旁边筑了一座堡垒。于是，窗外的光线得从这堡垒中间的空隙穿过，才能照在我的稿纸上。

一天早上，我正坐在不带靠垫的温莎椅上。我家的窗户是嵌入式的，窗外，树叶被风吹得翻转过来，我翻开一本卷宗来看。上面的名字是"威尔顿，特蕾莎"，我首先看到的是一封信，落款日期是1955年11月6日，是一位叫詹姆斯·洛弗尔夫人的女士写的，收件人是位于华盛顿斯特莱库姆镇的西部州立医院负责人，事关她的妹妹特蕾莎·威尔顿，那年早些时候，特蕾莎曾因精神疾病在西部州立医院救治，后来回了家。洛弗尔夫人在信中介绍了背景情况：特蕾莎有四个孩子；这些年，特蕾莎曾经多次离开她的丈夫弗兰克；两年前，特蕾莎曾经试图自杀；特蕾莎曾被诊断为偏执型精神分裂症；特蕾莎家里现在有两个儿子，7岁的西恩和9岁的马库斯，但她没有能力照顾他们。洛弗尔夫人在信中写道，特蕾莎此刻正饱受精神疾病的折磨，并且坚信丈夫弗兰克想要害死自己和孩子们，甚至连他们的另一个儿子、当时正在韩国服役的肯尼斯也不准备放过。

第二天，我在一份名为《华盛顿州对战特蕾莎·威尔顿》的文件里看到了这么一段：特蕾莎·威尔顿从弗兰克的手提箱里掏出一把0.38英寸口径的左轮手枪，候在一间卧室的门口，趁他吃完早饭上楼梯的时候，从背后击中了他。弗兰克从楼梯上摔下来，死在了厨房的地板上，脸朝下，当时西恩和马库斯目睹了这一切。

一名法官邀请我父亲担任特蕾莎·威尔顿的代理律师。1955年的西雅图还没有高速公路和摩天大楼，也没有公设辩护人。那一年，我父亲25岁，这是他的第一个案子。他所做的第一件事，是给金县未成年人法庭的警长写信，他在信中说，西恩和马库斯现在的处境很危险，因为他们的爸爸死了，妈妈在监狱里。他解释道，虽然这两个孩子现在寄居在姨母家，但这毕竟只能应付一时。西恩和马库斯得去一个能永久住下去的地方——确切地说，是去他们的哥哥李家。李住在阿拉斯加的费尔班克斯，我父亲已经跟他联系过了，他并不反对这个提议。父亲在信中请求警长签署一项命令，允许这样的安排。

后面的事情记得比较简略。特蕾莎·威尔顿被送回了西部州立医院，因为她根本没有能力接受审讯。她在医院里拒绝进食，于是我父亲便去了一趟，想看看能不能做点什么。过了没多久，肯尼斯·威尔顿从韩国服役回来，找到了我父亲。肯尼斯解释说，如果法庭能够颁布一项命令，他就可以从部队里申请一份补给，用于抚养他的两个弟弟。于是父亲便去为这项命令奔走。与此同时，他又认为，如果西恩和马库斯要前往费尔班克斯的话，应该趁寒假期间过去，于是他又给未成年人法庭写了一封信，还给华盛顿州公共援助中心的维扎克小姐也写了一封。

1956年4月，洛弗尔夫人给我父亲去信，提出两个问题：她应该把特蕾莎1955年度的纳税申报表寄到何处，还有特蕾莎的精神科医生为什么没有增加来看她的频率。我父亲让洛弗尔夫人把纳税申报表寄过来，又亲自去找了那位精神科医生。差不多同一时间，费尔班克斯的一位律师——叫克利伯小姐——给我父亲写了一封信，事关一份寿险保单，弗兰克在保单里指定的受益人是特蕾莎。克利伯小姐指出，根据阿拉斯加第13.10.130号法令，"被判定为谋杀死者的人不得作为死者的继承人"。鉴于特蕾莎的案子尚无定论，保额可以延期支付，也可以再讨论。我父亲给林肯国家人寿保险公司地区理赔和服务的负责人R. N. 芬斯特罗姆写信，并附上了弗兰克的死亡证明，但芬斯特罗姆回信说："受益人若残忍杀害被保险人，其获得收益的权利通常会被取消。""截至目前，"父亲又回信提醒芬斯特罗姆，"威尔顿夫人尚未被定罪，并且正在西部州立医院就医，直到她确实有能力为自己辩护为止。"4月下旬，林肯寿险那边开来了一张支票。

到了5月，父亲已经在西雅图的一家银行开了一个信托账户。他把林肯寿险支付的12,000美元存了进去。他帮西恩和马库斯安排妥当，他们俩后来搬到了费尔班克斯。6月，洛弗尔夫人来信，又提出新一轮的问题——报销葬礼的开支、社保、特蕾莎在西部州立医院每月的零花钱，还有保险公司的钱。整个夏天，他们一直在通信，最后的信息是马库斯在费尔班克斯出了事，被送到了西雅图附近的格里芬男童救济所。我父亲则成了他的监护人。

这时候，特蕾莎·威尔顿的精神科医生突然提起让她回去接受审讯的事。1957年3月，她被宣布已经有能力接受审讯。一名法官认为特蕾莎无罪，因为她在开枪时的神志并不清醒，但是考虑到这种情形有可能再次发生，她又被送回了西部州立医院。

接下来是一连串关于特蕾莎精神状况的月度报告，这些报告由医院的门诊部主任提供，报送给下令让特蕾莎回医院继续接受治疗的那位法官。到了9月中旬，特蕾莎已经出院，住在波特兰的一个朋友家里。10月初，她在一家汽车旅馆找了一份工作。11月底，她重新获得小儿子西恩的监护权。1958年6月，我父亲已经在处理一些必要的文件，准备终止他对特蕾莎和西恩的监护。1958年11月，在弗兰克·威尔顿死去三年后，父亲给特蕾莎寄了一张5,368.05美元的支票，这是林肯寿险的赔款结清弗兰克的债务之后剩下的款项。还有一些利息，也归特蕾莎所有，所以他又给她寄了一张36.54美元的支票。这一年，父亲28岁。当时，马库斯仍然在格里芬男童救济所，父亲继续担任他的监护人，直到他年满18岁。根据我所看到的资料，没有一个人向我父亲付过一个子儿。案件到此结束。

审讯之前

前不久，我停笔不再写小说了。很长时间以来，我都在写小说，现在我对这件事已经不感兴趣了。生命中还有其他的事可做。要是继续写下去，我不过是在重复自己而已——我开始意识到，这些念头不请自来，出乎我的意料，它们在我的脑海里徘徊不去，折磨着我，并且一天天变得愈加强烈，让写小说的冲动显得愈加单薄。一开始，我还能借着惯性写一写，后来惯性也不够用了，于是我就干脆放弃了。

这样的变化发生在我身上，有点奇怪。这种状态并不常见。起初，我有些困惑，每天晃晃悠悠地打发日子。我把很久没读的书拿出来读。我去散步。与其说是散步，倒不如说是一边把一只脚挪到另一只脚前面，一边努力让自己不要忘记暖气炉的过滤板该换了。每周二和周四上午，我跟妻子一起去一家公共泳池游泳。我们差不多每周去看一次电影，每周去咖啡馆吃两次午餐。我的人生显然已经步入庸俗的退休状态。绝大多数时候，我就在家打扫卫生，整理屋子，把该修的地方修一修，该翻新的翻翻新,于是时间一周一周过去,我一点小说也没写。有些时候,我会沮丧地发现一晃就到了中午,可是这种不安从一开始就并不强烈,顶多也就是突然来一下子,要么就是一种短暂的空虚感。持续更久的是一个若隐若现的声音,无时无刻不在提醒我:有点不太对劲。后来,那种感觉也消失了,直到我每天早晨醒来,压根儿不会再想起写小说这件事,也不会再惦记它。我已经彻底把写小说的事抛在脑后了。如今,人生又有了其他可能。如果这些文字让你对眼前的这本书产生了好奇——好奇我是不是在开玩笑,或者在卖关子,抑或是漫游进入了元小说①的边界,或者干脆这篇小说就是自动生成的——那么,我想告诉你:这一切都是真的。

　　10月的一个星期六下午,我摘了四排树莓藤上的果子。那些果子上原本还带着叶子,但是在我边挑边摘的过程中,叶子落了一些。等我忙完这些,父亲打电话来了。他说,有两件事:一是他后院的一棵树倒了,二是他出了个小小的交通事故。倒下的那棵树虽然恼人,但是拖一拖也无所谓。但是那个交通事故就有点麻烦了,因为他的车没法开了,而他每天早上还得去上班。

　　"没,"他说,"我没受伤。没有人受伤。这是好的一面。但是不好的一面,我是过失方。我知道。我没法怪别人。我撞到了一辆停着的车。我拐了个弯,结果撞到人家了,于是我就坐在那儿

---

① metafiction,元小说是有关小说的小说,更关注作者创作小说的过程,是"关于怎样写小说的小说"。此处也可理解为"穿越进了小说中的小说"。

想：'我知道这意味着什么。这意味着我的人生开始结束了。'"

"你妈妈，"父亲接着说，"曾经在停车场发生过一连串的剐蹭事故，然后又有一次比较严重的交通事故，结果就是，她已经差不多两年没摸过方向盘了，当然，这些你都知道，总而言之就是，我们只有这一辆车，可是呢，这辆车现在没法开了。不过，大体上说，我们都好好的。"

我父母的确都好好的——大体上说。他们依然住在我和姐姐从小长大的那幢房子里——是一座砖墙的盐盒式房子，窗台也是砖头砌的。门外的水泥台阶已经裂了口子，台阶一侧有铁栏杆。房子里所有的窗户都不太好关，所有的窗玻璃也都彻底磨花了。窗户外面的灌木丛因为经常不按时修剪，会从窗户缝里戳进来。有一间半地下室，里面塞满了留着"以后"用的东西，然而这个"以后"从来就没发生过。屋顶烟囱的地方有些漏雨。房间的天花板很低，门厅都用薄薄的板子包着。光线随意地照在家里的每一件物品上——从茶几上的陶瓷塑像，到那堆攒下来的火柴盒，还有餐具柜里蓝白相间的代尔夫特瓷器。我那八十多岁的老父亲老母亲已经把厨房餐厅合二为一的区域作为自己发挥余热的舞台，把那里简单装饰了一番：安了一排卡座，外加一台小小的电视机，把空间填得满满的。想要从吃饭的餐桌旁边绕过去，进到他们在一扇窗户底下给自己做的"鸟窝"里面，还是需要一点功力的——按照我父亲的解释，此时此刻，倒下的那棵树的树枝正好杵在那扇窗户上，枝丫都蜷在一起。

我去了一趟。这对我来说不难。我住的地方离他们大概十五分钟车程,这一点,你可以认为是件令人沮丧的事——几乎一辈子都待在从小长大的地方。不过,我倒不觉得这样有什么不好。事实上,我觉得挺好。况且,要是确实有理由需要搬家,比方说因为工作,或是我妻子想搬,我会搬的。我姐姐也没挪过地方。她也住在西雅图,而且她不止一次说过:"干吗要搬啊?"

我父母家后院里倒下的是一棵云杉,是被最近的一场暴风刮倒的。树干从顶部大约三分之一的地方折断,那些枝丫现在要么戳进泥里,要么朝天上竖着,好像硬硬的胡楂儿。树皮、针叶还有球果在院子里落了一地,空气中还弥漫着一股浓烈的树脂味。我用一把油锯清理战场,直到院子里恢复了应有的整洁。接着,我便和父亲一起猫着腰钻进车库后侧角落里那个用雪松木搭成的棚子,去看他的车。车库已经摇摇欲坠,快散架了,旁边是一段满是腐叶的天沟。车的前排驾驶座那里被撞扁了,其中一盏前灯摇摇晃晃地耷拉着。"是这样的,"他说,"等我开到家——撞车的地方离这儿只有两个街区——冷却箱里的水全流出来了。所以现在只能停在这儿,得等我把原因找出来才行。"

* * *

第二天早上,7点半,我去接父亲上班时,他已经穿戴整齐,站在门廊里等着了。他一手抓着长度到脚的雨衣,另一只手拎着一个买菜用的塑料袋,坐进我的车里,似乎满心期待的样子。我感觉。

我们出发了。我闻到了Vitalis发胶的香味。父亲戴了一条卡夹式领带,穿着背带裤,外面套了一件单排扣的夹克。他多少年都是这身打扮,或是跟这差不多的搭配,以前看着还是挺精神的。可是现在,这身衣服在他身上却显得特别大,好像借来的一样。像他这样身材精瘦的老头容易让人觉得讨厌,尤其要是再配上皱着眉头的表情,就更不招人喜欢了。要是在一群年轻人里,那样的人连呼吸都仿佛散发着对生命以及对死亡的憎恶。不过,父亲不是那样的。他没有那种凶巴巴、冷冰冰的感觉。他的眼神依旧灵动,跟你说话的时候,脸上总带着笑。他给人的感觉是充满热情的,至少在我看来是如此。

到了市中心,我把车开进他办公室楼下的车库里。"你要不要上来坐坐?"他问,"还是直接去图书馆?"

前一天,我为了让他确信开车送他上班不会给我添麻烦,就跟他说我要去市中心的公共图书馆。(当然,我是骗他的。)可是,这会儿才七点四十五,图书馆十点才开门。于是我跟他说,还没到时间。

我们下了车。父亲把雨衣搭在一边胳膊上,另一只胳膊上挂着塑料袋,在车库光秃秃的灯泡下面大踏步地往前走,好像迟到了似的。他伸手冲车库收费亭里的工作人员示意,跟人家打招呼,那人也冲他竖起拇指,作为回应。

我们乘扶梯上了两层,又进电梯坐到二十七层。他的律所就在那里。父亲把大门的锁打开,又把长长的一排灯都啪啪摁亮,然后就到前台后面查备忘录(显然,他的律所仍然允许用纸笔记录),想看看有没有他的事。没有。所里静悄悄的。

我们去了他的办公室。我已经很久没去过了。父亲把雨衣放在一张椅子上,又从他一路拎着的塑料袋里掏出一个小一号的塑料袋,里面装了满满的麸皮麦片,还有一份《西雅图时报》。接着,他拉开一个装满纸碟和塑料勺子的抽屉,从里面又拿出一个塑料袋来——里面装的也是麸皮麦片——然后把两袋麦片倒到一起。"我这儿足够了,"他说,"今天是星期一。星期一,星期二,星期三,星期四,星期五——肯定够五天的了。"

他有一个保留了多年的习惯,那就是在十点左右的时候买上一品脱牛奶、一杯咖啡、一根香蕉,然后在地下广场里找一张桌子吃早餐。

不过,现在,他合上储粮的抽屉,从眼镜盒里掏出老花镜,坐下来,开始填账单。他写了几张支票,给几个信封贴上邮票,舔两下,把信封封上,然后又把笔放回胸前的口袋,接着,他起身走到一个柜子前面。"我不想打扰你,"我说,"你有工作要忙。"

"没有,"父亲说,"我没什么工作要做。我已经好多年不怎么工作了。偶尔会有一些事,但是,总的来说,我在这儿就是消磨时光。"

他笑笑,似乎自己都被自己这个老家伙的无厘头逗乐了。他的办公室有三扇窗户,其中两扇的百叶窗关着,不过我透过第三扇可以看见外面的天色亮了。"我所做的,"父亲站在他的文件保险柜旁边,坦白说,"就是看看报纸,或者看看书。"

他把发票收好,回到办公桌前,在我对面轻快地坐下,很是自在。"从1958年一直到差不多1998年,"他说,"我手上每时每刻都有三十到四十个案子,但是自打从那之后,数量就越来越少了,当然也可以理解,因为我都快84岁了。"他摇摇头。"以前呀,"他说,"我从来不像现在这样有大把的时间。那会儿啊,随便哪一天,我手里不但有几十个轻罪案件,还有各种各样的重罪案,杀人啊,强奸啊,绑架啊——都是人命关天的大事,能把人判上很多年。我不想再像那样了,我不想再像以前那么忙了,但是我又希望能比现在稍微忙那么一点,因为我希望每天到这儿来,能有点说得过去的理由。"

父亲倚在那儿,两手的拇指塞在裤子的背带里。很多年来,他都是把头发笔直地梳向脑后,所以头顶的头发规规矩矩地形成几列,但是现在,有一小撮头发不小心蜷在了太阳穴那里,还闪着Vitalis发胶的油光。"我所希望的,"他说,"如果不算奢望的话,就是能工作得越久越好。我总说,我希望自己能在向法官做总结陈词的时候突然死掉,不过看样子是没戏了。恐怕是没希望了。不,要不了多久,老天爷就要来收我了,然后我就只能听天由命了。"

他的电话响了。他把电话铃声设得特别响,简直刺耳。他看看电话,又看看我,然后又看看手表,说:"好吧,好吧,好吧。稍等一下。"

* * *

父亲接起电话,把座椅转过去面向窗户,好给自己一点私密的空间,而我则坐在那里,凝视着他办公桌上的一个相框——是我在他75岁生日时送给他的——相框里的照片上,我和他两个人在阿拉巴马最高峰切哈山的邦克塔上。我们俩去阿拉巴马,是因为我受邀去伯明翰参加一个读书会,是关于我写的一本书,于是我便邀请他跟我一起去了,而在那里的大部分时间,我们俩都像游客一样,租了一辆小车四处晃悠。比如说,在伯明翰民权研究所,我们俩跟在一群小朋友后面参观,看了一件又一件展品。了解罗莎·帕克斯、了解布朗诉托彼卡教育局案以及公交车抵制运动和午餐柜台静坐事件是一回事,而在了解这些历史的同时,身边围着七十名四年级的小学生,那就是另外一种感觉了。展览路线的最后一站,是一段关于马丁·路德·金博士的大银幕录像,播放的是他那场著名演讲《我有一个梦想》。呈现在我和父亲以及那群挤挤攘攘的孩子面前的——孩子们已经基本安静下来——是国家大草坪的全景画面,还有慷慨激昂的听众和那长方形的、波光粼粼的倒影池。画面里,金博士讲到"终于自由了,终于自由了,感谢全能的上帝,我们终于自由了",我扭头看向父亲,只听他正喃喃自语:"某种程度上实现了,但还没有完全实现。"

我和父亲在伯明翰期间,还参加了一场社交晚会。晚会是在一对夫妇家的大厅里举行的,这对夫妇也是我这次来阿拉巴马出席的读书会的支持者。我谢了他们,并同他们握手。接着,他们把吧台的位置指给我们。我和父亲便去拿了饮料。我们刚把饮料拿到手,男主人便用勺子敲了敲自己手中的酒杯,直到所有人都安静下来。他向大家表示欢迎,又伸手指向我,称我是"此刻的明星作家",并感谢我和父亲"不远千里从华盛顿州的西雅图赶来",接着,他提议大家向我们举杯——大家都举了——然后这部分工作就结束了,我们便在他的宅子里四处晃悠。他的宅子有很多个房间,都装饰得非常考究。组织这场晚会的是各种捐助人,他们和今晚的主人一样,都是读书会的举办者,因此参加晚会的人就包括了捐助人、组织者、读书会委员会成员、位于伯明翰的阿拉巴马大学创意写作项目的师生、大学里的一名管理人员、市里一位艺术部门的行政管理人员、一名跟大学没什么关系的小说家,还有一对开书店的夫妇。据说,那天下午我做签售的那家书店就是这对夫妇开的。有人告诉我,这种类型的社交晚会每年会举办三次,每次在不同人家的宅子里轮流举行,这样大家就可以和其他地方来的作家见面问好。这是一个系着腰封、打着领结的男人告诉我的,他把我和父亲堵在一个壁炉旁边,跟他一起的还有一个挺酷的女人——涂着赤褐色的口红,柔软亮泽的齐肩短发向内微卷——这两位都是红光满面,轻松随意得近乎鲁莽。他们介绍自己是洛伦(Loren)和劳伦(Lauren),劳伦还补充说,十三年来——他们结婚十三年了——两人一直在向人们解释"洛伦"和"劳伦"两个名字的差别,每次大家都觉得很好笑,他们俩都习惯了。"没错。"洛伦接着解释说,听到洛伦和劳伦,几乎每次对方的反应都是"什么?"或者"再说一遍?",要么就是"也许你们俩当中的一个人应该取个昵称"。"但我们不用昵称,"他说,"因为后来我们发现,'洛伦和劳伦'的梗是很好的开场白呢!"

他俩笑了。父亲晃了晃手里加了水的威士忌。关于他,有一点需要告诉大家的是:从我记事起,我就发现他不喜欢与人发生口舌之争,也不会使用那些男人发表反对意见时常用的肢体动作和表情语言。他也许会稍稍辩论一番,开上一两句玩笑,或是机智地反驳一两句,但他的目标始终是求同。父亲可以很容易让人放下戒备。他极其谦逊,毫不张扬,也没有一点架子,让你很难不喜欢他。他穿着从跳蚤市场淘来的廉价西装,系着卡夹式领带,花白的头发沿着光秃秃的头顶一绺一绺梳到脑后。他的亲和力让所有人都喜欢他。女性在他面前可以很放松,因为——令人哭笑不得的是——她们会让他感到紧张;在女性面前,他会特别小心,生怕被人误以为在打情骂俏;但凡可能被人解读为对女人感兴趣的事,他绝对不做,也不会说那样的话。与此同时,又因为他从不争强好胜,所以男性在他面前也可以放松下来。父亲似乎压根儿就没有参加论战，也并不想站在哪一边。要是你随他去，他就只想专心地吃点东西，但又别吃得太引人注意。所以，他就得稍稍别过身去。于是，父亲一手插进衣袋，另一只手端着兑了水的威士忌，一边小心翼翼地与人打着趣，一边还得瞄着点旁人的目光，免得给人留下不好的印象。也许他觉得自己太过严肃，可以在合理的范围内调侃两句。也或许他会认为对对方调侃得有点过了，就反过来自黑几句。父亲开对方的玩笑都是善意的——他是想表达他是和你站在一起的，你要是尴尬了，他也会感到尴尬，并且能够理解你为什么会尴尬，也正因如此，他会主动让你也骂他两句，只要和和气气就行，讽刺两下或是诙谐地斗斗嘴，都可以。如果他挖苦你，也并没有恶意——而是为了让你安全地败下阵来。太过庄重和失态一样，都不好，而且可能也没什么用。

"你们刚才描述的关于名字的重担，"现在，父亲对洛伦和劳伦说，"我懂，因为我的父母也给我取了一个奇怪的名字，罗亚尔（Royal）①。没错，罗亚尔。我一次又一次地听人们说：'什么？我从来没听说过这样的名字。你怎么会有个"皇家"这样的名字？'这也是我向我父母提出过的问题。我得到过像样的答案吗？并没有。他们说他们是从帽子里随机抽出来的。我的母亲是北达科他州人，经历过20世纪30年代的黑色风暴，她在西雅

---

① 意为皇家。

图遇到我父亲，然后就留了下来。我父亲原先是个海员，身强体健，后来在快餐店当过厨师，再后来当过电梯工，然后又接受了电梯维修和保养的课程培训，拿了执照，就去了奥的斯工作。你要是问我，那我觉得我父母是怀着期许的。他们想让我和我弟弟出人头地，因为他们没什么钱，于是就给我起了罗亚尔，也就是'皇家'这个名字，给我弟弟起的名字叫桑代克，是想让我们进入上流社会，成为人上人。有时候就是这样，虽然，我猜，只要你想，你也可以改名，这是合法的，比如，对于你们俩来说，可能把劳伦改成劳丽，问题就解决了，但是那样的话，你们俩跟别人聊天的开场白就没有了。每次有人跟我说'你叫皇家？皇家什么？是皇家讨厌鬼吗？'的时候，我都会想要换个名字。"

父亲挂断电话，告诉我电话的内容。他是愿意免费受理案件的律师名单中的一员，如果所有的公设辩护人都很忙，而又有人需要的话，他可以帮忙。"我刚刚还在跟你说我没事干，"他加了一句，"真是巧了。"

电话是西雅图北边斯卡吉特县的公设辩护人办公室打来的。斯卡吉特县监狱里一位需要律师协助的妇女联系了他们。前一天下午，那位妇女和她的丈夫因谋杀罪被捕。县里能找到的最后一个公设辩护人被分给了她丈夫。"我答应马上就过去跟这位女士聊聊，"父亲说，"也就是说，你能送我一趟吗？我来付油钱。"

我说："当然可以。"于是便起身从口袋里掏出车钥匙。父亲点点头，接着便拉开他放麦片的抽屉，拿了麸皮片、一个纸碗,还有一把塑料勺子。他抓起之前扔在椅背上的雨衣,便和我一前一后踏上走廊,他在前面,我在后面。

* * *

我向斯卡吉特县开去。车流渐渐变得稀少,我们开到了斯卡吉特河漫滩。我对这片区域很熟悉,主要是因为我这辈子都住在这一带,所以出于各种各样的原因去过那里。这是一片宁静的乡村,有着安详的田园气息,但它时不时地就会登上新闻,因为斯卡吉特河每隔一段时间就会冲破河岸,阻断道路,涌入人们家中。在田野的尽头,堤防工事隐约可见,再后面就是谷仓、挤奶间、储煤筒仓、散栏式牛棚,还有高高的杨树防风林和建在抬高地基上的房屋。这里的地面常常是黑黑潮潮的,仿佛洪水刚刚退去一样。

洪水没来的时候,斯卡吉特县是安静祥和的。前几年,最出名的事件是2013年5号州际公路桥坍塌。一辆超限运载的卡车撞上了一节撑杆,导致桁架塌陷,支撑构件失去作用,桥面和上部结构落进了河里。除此之外,斯卡吉特县一派田园风光,那里有华盛顿州西部出了名的郁金香田,绵延数英里[①],每到春季,美不胜收。

---

① 1英里≈1609.34米。

我在县首府弗农山市下了州际公路，弗农山地处一片防洪堤后面的一处河湾。也不知道是运气不好，还是当初的规划做得太糟糕，这里的5号州际公路距离斯卡吉特河太近了，导致弗农山市中心被挤在二者之间。而且，高速公路还像一堵墙，把城市的核心商业区和大部分居民区隔开，使得两个区域看上去好像没关系似的。最后，在另一次奇怪的城市规划中，一条铁路又横穿弗农山运送货物，由于这条铁路十分繁忙，以至于在市中心开车时经常要停下来，等候长长的列车驶过，我和父亲开到金凯德街的时候就是如此。

监狱就在法院对面，很方便。这座建筑一眼看上去就让人联想到监狱——固若金汤，只装了少得不能再少的几扇窗户。那天，弗农山刮着风，但那会儿还没下雨。黑压压的一片乌云正稳稳地向东涌去。

我们商定了一个方案。父亲去和他的潜在客户交谈。我呢，就在弗农山四处走走，然后回车里等他，一直等到他准备好去最近的杂货店买牛奶和香蕉，然后吃他的麦片。于是，我们便分头行动了。我漫无目的地朝西走。我看到宽宽的河面，就在小城的防洪堤上面。人行道清扫得很干净，市政花坛里的花也料理得很好。弗农山给我的感觉是静谧的，迷人而又不张扬。不过，我很快就发现这座城市既是一座老城，也是一座新城。一家小餐馆和一家杂货店是旧时的遗迹。一间咖啡厅、几家小酒馆、几家啤酒坊，还有一家有一张巨大沙拉台的食品合作社，都在呈现着城市的变迁。在所有这些建筑的上方，立着三层高的法院大楼，我返回监狱停车场的时候正好路过。大楼外面，一门火炮架在木制车轮中间，炮筒朝着南边。我没看见牌匾，也没发现有什么标志牌，所以也就不知道它的来历，不知道它为什么会在这里。

我坐在车里听着收音机，直到父亲从监狱回来。"令人悲伤的案子，"他说，"非常悲伤。"

我开车去了"红苹果"。这就是我之前提到的那家杂货店，仍然是旧时弗农山的样子。父亲在那里拿了一根香蕉和一品脱牛奶，我们买了咖啡，然后在角落里的一张餐台旁坐下。父亲一面俯身吃他的麦片，不时用餐巾纸擦擦下巴，一面跟我说起被逮捕的那个女人，她叫贝琪·哈维，娘家姓是胡伯。

他说，她41岁，有七个孩子。她非常保守，是个原教旨主义基督徒。她在加利福尼亚州的园林市长大，那里盛产草莓，或者至少曾经如此。她的父母是从密苏里州的西普莱恩斯来到园林市的，她父亲在西普莱恩斯当过警长的副手，在此之前是在美国法警局。在加州，他父亲在高速巡逻队工作。贝琪告诉父亲说，她的父亲原本家住田纳西州海伍德县，但他在17岁那年去了密苏里州的一家肉联厂上班。她母亲那边，外公是阿肯色州耶尔县的，外婆则是俄克拉何马州人。

贝琪12岁的时候，胡伯一家搬到了西雅图，这样她的父亲就可以在一家卡车制造厂当保安。在她高中毕业五个月之后，贝琪在一次教堂组织的社交活动中遇到了德尔文·哈维。他们恋爱了，七个月后，他们结了婚，买了房，开始有了孩子。后来，他们在斯卡吉特县买了五英亩的地，四英亩继续长着灌木，另外一英亩清理出来盖了栋房子，或者更准确地说，是找承包商建的。不过贝琪跟我父亲强调说，德尔文是个名副其实的技工，布线、铺水管、镶框、浇筑混凝土、铺设石膏板，他都不在话下。贝琪还补充说，德尔文当过空军，退伍之后一直在波音公司工作。

父亲说，贝琪身材瘦小，但眼睛里含着强烈的愤怒。她让他想起了他在大萧条时期的照片中见过的女人——饱经风霜，没有受到命运的眷顾。不过，与此同时，她说话犀利，性情反复无常。父亲说，她很焦躁，说个不停。她的描述前后矛盾，想要澄清却又站不住脚，说一句还得补充十句，细节也经不起推敲，所有这一切的最终结果是突出了她的混乱，也让父亲感到困惑。他不知道她究竟是什么样的人。他说，她和她丈夫被指控杀害了两人从埃塞俄比亚收养的一个女孩——他们俩被指控虐待了那个姑娘，直到她死在他们家的院子里。

"他们干什么了？"

"他们虐待自己从埃塞俄比亚收养的女孩，把她虐待至死。"父亲说，"诉讼文件里是这么指控的。"

在红苹果，父亲从麦片碗里抬起头，打量着我。"什么？"他问。

"太糟糕了。"我回答。

"监狱里的那个女人做了可怕的事。"父亲说，"这是毫无疑问的。我想我可以对自己说,她的所作所为让我感到非常憎恶,以至于我没办法当她的代理律师。我可以对自己说:'让别的律师干吧,去为一个百分百虐待过一个孩子、百分百应该对孩子的死亡负责的人辩护去吧。让别人在法庭上替她发声,让别人在法庭上代表她行事去吧。我才不会为她发声,因为我根本不认可她的所作所为,我没办法代表她。不行,让别人干去吧——反正我不干,这是原则问题。'另一方面,"父亲接着说,"自从虐待杀人罪被写入华盛顿州的法律,已经有八十五个人因此而受到指控,他们当中的每一个人都上了法庭,都有律师跟他们一起,尽管他们的所作所为是你不会想要知道的——因为你知道了会感到恶心——有虐待儿童的,甚至还有虐待婴儿的。那么,那些律师为什么会接这样的案子?也包括我,因为我接过三个。现在是四个了,因为我还是会接下这个案子。为什么?因为他们认为那些被告是好人吗?只有好人才配有律师吗?每天,都有人被指控犯下了滔天的罪行,因为他们做了令人发指的事;每天,都有律师受理他们的案件,因为这样,法律才得以成为法律。我跟你说,我这辈子大部分的时间都在输。我输掉的案子比我赢的多得多。而且,说老实话,我输的时候从来也没觉得意外。我从一开始就知道自己会输。因为证据完全不利于我的当事人。那些证据都可以一锤定音。你可以说,既然如此,我干吗不一上来就认罪,给大家节省点时间和麻烦呢?况且还给纳税人省钱呢。如果你认为某个人有罪,那为什么还要替他辩白呢?可是,你看,我是不是认为我的当事人有罪,其实并不重要。重要的是陪审团的想法。所以,要让他们听到全部的信息,让他们来做决定。要光明正大地,把所有的信息公之于众。"父亲接着说,"还有一点,这事儿可不像电影里演的那样。在电影里,当真相大白之时,大伙儿会发现扣动扳机的不是甲,而是乙。他们从一开始就抓错了人!律师成了英雄,因为他的当事人是清白的!因为他揭露了真正的凶手!坏事是别人干的!你知道在现实世界中,这样的情况能发生几回吗?几乎就没有过。几乎每一个被指控的人都是罪有应得。所以你得怎么做呢?你得弄清楚他们到底做了什么——如果可以的话,这是另一个问题——然后把他们的所作所为和他们被指控的罪行进行比对。他们可能做了你能够想象得到的最恶的事,你可以为此而憎恶他们,但是如果他们的行为和指控不符,那么他们就是无罪的。这一点很重要。如果你因为一个人很可恶就给他定罪,而不是因为他触犯了法律,那就跟独裁统治没什么两样了。谁想活在独裁统治下呢?我可不想。还有一点。我依照自己的道德准则做好自己的本职工作,这样我心里踏实。"

* * *

父亲吃完麦片,说他得到高等法院的书记员办公室去一趟,去取贝琪·哈维的逮捕宣誓书。

我们去了书记员的办公室。我们前面还有一个人。等她办完她的事，父亲便上前对书记员说："我刚从街对面的监狱过来，我来取一份关于我当事人的逮捕宣誓书。"

书记员向父亲解释了怎样可以拿到宣誓书。我们身后的桌子上有几台电脑，他可以登录系统，输入案件编号。如果有问题，电脑后面的墙上贴着一张操作指南。搜索结果出来之后，他得点击想要的文档，然后点击打印图标。这时候文件就会从她现在站的柜台后面打印出来，他再回到柜台这儿来取，她会把文件拿出来，他要按每页五美分的价格来支付费用，她再把文件给他，还有一张收据，就可以了。

父亲说："监狱里的那位女士叫贝琪·哈维。"他拼出"哈维"二字，"我对计算机一窍不通，所以，如果不是太麻烦您，可不可以我把名字告诉您，您帮我把宣誓书打出来？"

"好的，"书记员说，"你后面没人了，所以就这么办吧。"

书记员往电脑那边走的时候，我们往后让了让。父亲靠近我，压低嗓门儿说："年轻的时候啊，有很大的优势。你是新来的孩子。然后呢，到了中年，就没办法回避了——人们会觉得你是个笨蛋。再然后呢，就这样过了好多年，到我现在这样，幸运的是，状况又会好起来。人们都认为你已经被时代抛弃了，在某种程度上的确如此，所以他们又和从前一样，又对你笑脸相迎了。"

书记员把宣誓书拿了回来。父亲戴上老花镜，检查了封面页,然后从口袋里掏出一把硬币。"肯定就是这份了,"他对书记员说,"谢谢您关照我。"

我们从法院出来了。父亲没有把老花镜收起来。事实上,我们站在街角等红灯时,他又把老花镜戴上,细细读起了宣誓书。"咱们去这个地方吧。"他说。

他用食指指着一个地址。我读了一下那个地址所在的那句话:"午夜12点10分,斯卡吉特县的警员接到911电话,是从锡德罗伍利附近的斯通巷7279号打来的。"父亲将食指移到"12点10分"的位置。"这么晚,"他说,"都半夜12点10分了。"

我朝锡德罗伍利开去。我知道那地方在哪儿,因为我在喀斯喀特山脉开车的时候不止一次从那儿穿过,或者路过。这是一座小镇,主要产业是木材、煤炭开采、铁路货运,还有一家曾经生产伐木绞盘机的钢铁厂。小镇给人的感觉是湿乎乎、阴冷冷的,好像受到了胁迫似的。在我看来,这里好像与斯卡吉特县的其他地方隔绝开来。这里位于漫滩之上,地势很高,与三角洲上的广阔田野相距遥远。大规模的农业在此结束,取而代之的是高大的树木。每年的旅游旺季,有一百多万人会到附近去看盛开的郁金香花丛,但很少有人会来这里。它和"郁金香之路"是天上地下的反差,对游客没什么吸引力。相比于锡德罗伍利木艺节上的电锯雕刻和伐木比赛上的伐木展,游客们更喜欢在可人的平原上逛逛农贸市场。锡德罗伍利近郊曾经有一家叫西部州立医院的精神病院,选址于此的部分原因就是这里地处偏远。此时此刻,有一辆车正驶过20号高速公路上的医院旧址,沿着斯卡吉特河向上游开去,驶入寂寞荒凉的群山。所有这一切都让人觉得锡德罗伍利就像是斯卡吉特最偏远的村落,从某种程度上说,也的确如此。

不过,尽管锡德罗伍利地处偏远,手机信号还是有的,所以我能找到去斯通巷的路。我们沿着伊顿花园路向北行驶,这是一条上坡路,在铁轨上方蜿蜒曲折,最后到达一个丁字路口。在莫泽尔路,映入我们眼帘的是一片泥泞——被践踏过的牧场、腐烂的树桩、铁丝网,还有屋顶上长满青苔的移动房屋。弯弯曲曲的羊肠小道从灌木丛中穿过。藤上缀满了带刺的黑莓。我们从那里驶下陡坡,开进树林。在我们的一侧,人行道穿过一条小溪,已经快看不见了。车轮下的路就像是在以前伐木作业的支路上铺了砖石,路边是一座座简朴的小房子,房前的草坪修剪得整整齐齐,周围一片凌乱,都是砍下来的木料——高高矮矮的灌木、杂草、荆棘——所有这一切的上方,是长长的电缆,悬在两端的电线杆上,形成一道道弧线。

我们到了斯通巷7279号。车道被黄色的胶带封住了,胶带被风吹着,摆来摆去,因为后面就是犯罪现场。车道旁边是几棵刚刚结果的果树,树冠被人用网罩住了,防止鸟儿来偷吃果子。我们眼前的景象,大半都是荆棘。没有看到那个从埃塞俄比亚收养的女孩死去时所在的院子,也看不见哈维一家住过的房子。

"我们可以沿着车道走到房子那儿,"父亲说,"只要我们不碰任何东西,就没关系。"

我们沿着车道走了过去。父亲把宣誓书也带上了。我们首先看到的是房子的后面,停着一辆漫步者。院子里的一根柱子上装了泛光灯。有一个简陋的谷仓、一间工具棚、一个鸡圈,还有一个便盆,有点奇怪。我能听见头顶上方的电力线噼啪作响。

我们站到一个露台上。有一个带挂锁的冰柜、一个带轮子的圆筒式烟机、一个铝制的折叠野餐桌、一个装满球拍和球的垃圾桶,还有一个之前装西蓝花的大盒子,里面放着空的塑料牛奶罐。父亲把宣誓书往后翻了一页。"这里就是她死去的地方,"他说,"就在这里,在这个露台的边缘。"

他把宣誓书递给我。我读了关于911电话的那句话,里面写了斯通巷的地址。是贝琪·哈维打的911,她在电话中说,她的女儿在黑暗里一个趔趄,摔倒了,还脱掉了衣服,最后脸朝下,嘴里还含着泥巴。调度员一听,就打电话给治安官,并派出了警员。等到午夜,一辆救援车也被派来了,凌晨1点30分,从埃塞俄比亚收养的女孩死在了斯卡吉特山谷医院的一张桌子上,养父母给她起的名字叫阿比盖尔·哈维。

* * *

我开车送父亲回家,跟着他进了屋。我那患有肩周炎、青光眼、脚肿身子颤的母亲在父亲的脸颊上轻轻亲了一下,然后又亲了我,说我们不在的这段时间,拖车公司把车拖到安全服务中心的查克那儿去了。11点半的时候，查克打来电话。他说，他需要时间。还有别的车排在父母那辆车前面，很多。不过，他会先看一下，算一下价格。之后又来了一个电话，但母亲当时没接到，因为她一直在地下室整理东西——是一个保险代理人打来的，是事故另一方的保险代理人，就是停在那儿被撞坏的那辆车，我们可以听语音留言，说了好半天，但是前言不搭后语。除此之外，母亲还步行去老年中心参加了西班牙语小组的会议，回家路上又去了杂货店，因为她和父亲家里的茶、面包、奶酪、西红柿都吃完了，牙线也用完了，所以她把所有这些东西都囤了一批，尤其是牙线，因为正好赶上打折——所以，待会儿，如果愿意的话，我们可以吃烤奶酪三明治，不过目前她还不饿。还有另一件事。她一整天都在想一个问题，也就是在查克把车修好之前，她的丈夫第二天、第三天、第四天、第五天的早上怎么去上班，晚上又怎么回来，所以呢，关于这个问题，她在老年中心打听了一圈，那里有很多热心肠的人，不过也有很多人说了半天却答非所问。幸运的是，老年中心有个问询台，那儿有一个头脑清晰、又聪明又通情达理的志愿者，坐在一台电脑后面，她清楚地知道该如何处理这个问题。这位志愿者名叫琳达，她上网搜了搜，打印了一些材料并整理好，母亲把材料全部抱回家，就是现在沙发旁边的那一摞，里面有公交时刻表、拼车项目、出租车公司的电话号码，还有关于老年人交通服务的小册子。今晚，她和父亲可以一起研究研究，看看能不能找到解决方案。

母亲听我们说了今天的行程，便提起她之前去斯卡吉特县看郁金香的事，但是当她听到发生在那里的案情时，她的眼睛眯了起来，嘴唇也抿紧了。"这是我听过的最丑恶的事了，"她拧着眉头说道，"对一个孩子做那样的事。我实在无法理解为什么我们的政府会允许那些信奉'不打不成器'这种歪理邪说的人去领养孩子——我实在是无法理解法律怎么能允许这样的人有资格领养儿童。"

我留下来吃了一个烤奶酪三明治。我们看了本地新闻。我注意到，父母家的沙发边桌上有一本小说，叫《已故的乔治·阿普利》，作者是约翰·P. 马昆德。我拿起那本书，认出它是"《时代》阅读计划"的特别版。母亲三四十岁的时候，"《时代》阅读计划"每月都给她寄一本书，每本书都由《时代》杂志精选，前面都有编辑写的序。"我在读第二遍，"母亲说，"或者至少我觉得是第二遍。"她从我手中接过书，往后翻了翻。"这里说，"她说，"在前言材料这里，《已故的乔治·阿普利》是对波士顿上层社会的深刻讽刺。也许是吧。应该是的。但问题在于：我不记得读到过这个意思。我有可能读过，但是不记得了。而且我也不想拿这个来给约翰·P. 马昆德贴金。我想说的是我自己，不是他。想想我花了多少时间来读书！把读书看作这世上最重要的事儿！我记得自己曾经想过，如果我能在一天当中抽出一个小时来读书，那就太好了，简直完美，我的人生有了目标，我会去到某个地方——去到哪儿我说不出来，但是我在读书，这就是进步，是自我提升。而做饭洗衣服什么的，我做的所有的家务活儿，都只是原地踏步。我不是在抱怨。我做主妇、做妈妈，都没问题。干家里所有的活儿，也可以，也没问题，但我想说的是，我总觉得，如果一天当中能有时间看看书，就好像一种救赎，就好像有一个未来在前面等着我，我会有所成就。我不是在说这是一种幻想，因为我从阅读中学到了很多东西，我让自己变得更成熟，也更努力。我读了各种各样难啃的书，因为我想坚持下去，了解世界上正在发生些什么，对此，我没有任何遗憾，不过，说真的，这本书我究竟读过没有？《已故的乔治·阿普利》？"

* * *

第二天下午，雨下得很大，我顺路去了趟丹妮尔那儿，丹妮尔是我的姐姐。

顺路去丹妮尔那儿很容易，因为她开了一家名为Cajovna的茶馆——Cajovna在捷克语里是"茶馆"的意思（我们的母亲那边有捷克血统）——丹妮尔用这个名字来营造布拉格的氛围。她的茶馆位于西雅图的沃灵福德社区附近，在巴格利北，就在"海怪休息室"拐角旁边的一幢小楼里，那里曾经是一家土耳其餐厅。我要是想找丹妮尔聊天，走路就能过去——只需要15分钟——然后就在那儿待着，直到她有空为止。这一天，茶馆里很忙，不用说，是因为下雨，所以我不得不在后面的凹室里等了一会儿，那里有一张单独的长桌，桌面是一块枫木板制成的，因为用得太多，已经磨得发亮，有些地方还坑坑洼洼的，但是特别敦实：是件历久弥新的工艺品。这张桌子让我说了这么多，是因为它让我想到了丹妮尔。

高中时，丹妮尔是她们篮球队的中锋。她一直特别厉害。她的胳膊肘总是有办法防守。她曾经创下纪录，在加时赛中得了42分。当时我也在场，我敢说，这42分里至少有36分是如入无人之境的灌篮。篮球队里的大部分女生都会把头发束成各种各样的花式，但是丹妮尔直接拿了把办公剪刀，把一头沙色的长发剪成了披头士的蘑菇头，还自我感觉挺好。现在她的头发长点了，但她的身高仍然足以把门挡住，她要是站到茶几旁边，看着就像个傻大个儿。在茶馆后面的凹室里，她把手抬到胸口，像英式管家那样彬彬有礼地鞠了一躬，对我说："下午好。"

我请她坐下。她坐了，不用说，她的膝盖紧紧抵着桌子。丹妮尔有三个孩子，两个在上大学，一个在维和部队，还有，不管遇到什么事，她几乎都能有条不紊地搞定。在茶馆里，她雇了五名员工，她自己负责所有的账目、工资和采购工作。她的丈夫伦纳德有一家专门浇筑混凝土的公司，和团队一起在大型的新开发项目工地工作。由于长年弯腰操作平泥板以及穿着很重的靴子踢湿的混凝土，他的背落下了毛病。当丹妮尔确定伦纳德已经累坏了身子，并且判断茶可能会像咖啡那样风靡西雅图之后，她便开了这家叫Cajovna的茶馆。不过,她很快就接受了一个现实,那就是即便她起早贪黑,也只能勉强糊口。在夏季,茶馆都是亏损的。等到雨季来临,境况便有所好转。

在茶馆后面的凹室里,丹妮尔和我交换了信息。她跟我一样,已经得知了父亲的事故,不过有一点跟我不同,她还知道——因为母亲在我踏进茶馆前一小时左右刚刚跟丹妮尔通了电话——父亲已经不能再买车险,也不能再开车了。"这是个大问题,"丹妮尔说,"父亲母亲都不能开车了。"

她去拿茶。她捧着一个茶壶和两只茶杯回来了:"嘿,你来这儿的时候一般都会带个笔记本,我说得没错吧?"

她说得没错。正常情况下,我每次来茶馆,的确都会带上笔记本。我在家里有一个写作的地方——我的书房——但是有时候,我也会来茶馆里写作,就是为了换个环境。在冬日的午后,茶馆里很舒适,挂毯是斯洛伐克的,茶也是免费的。那样的氛围让我灵感大发,然而那样的日子已经过去了。

我跟丹妮尔说了为什么这次没有带笔记本。"好吧,"她说,"现在你有时间做其他事情了,是吧?"

我们喝着茶,聊着天。在我们头顶上方的墙上很高的地方,有一块大大的黑板,上面用紫色的粉笔写着这样一段话,是亚历山大·普希金的诗:

天色越发暗了;在桌子上,闪闪发光的,

> 夜晚的茶炊嗞嗞作响，
> 将瓷质的茶壶温热；
> 薄薄的蒸气在它的下方飘荡。
> 香茶已经，
> 被奥尔加的手倾下，
> 倒进杯中，仿佛黑色的溪流，
> 一个男仆端上了奶油。

丹妮尔告诉我，读到这段话时，她的一名员工评价说："真美，多么幸福的家庭场景！"而另一位同样在她手下工作的年轻的左翼人士则回答说，如果幸福需要建立在拥有男仆的基础之上，那么她无法认同。第三个员工捧着手机，也加入了讨论："我在搜索框输入'男仆'几个字，出来的前6个条目都是色情片。"她的话把自己逗乐了。但是那位左翼人士并不买账。"我是认真的，"她反驳道，"靠压榨他人获得的幸福不是幸福。"接下来是激烈的讨论。没有人让步，直到下班。几个人都同意各自保留不同意见，然后便离开了。靠压榨他人获得幸福究竟是对还是不对，仍然没有定论。关于它的争议仍未解决。"不过我已经有了一个好办法，还有另外一段文字，"丹妮尔告诉我，"是威廉·考珀写的。今天晚些时候，我要把这段导致争议的文字擦掉……我拿手机给你看这个。"她捣鼓几下手机，然后念道：

> 现在，拨一拨炉火，关紧百叶窗，
> 放下窗帘，转动沙发，
> 当茶壶里的水开始沸腾，咝咝作响
> 吐出一柱热气，杯子，
> 欢呼但未醉，招待大家，
> 让我们欢迎这宁静的夜。

丹妮尔脱下她那副大大的篮球手套。"这应该不会再引发什么骚乱了，"她说，"这应该不会有那么大的争议。虽然说，在我们目前的环境里，一切都是有争议的。我想，你可以说，考珀的那些诗句里有一种让人受不了的资产阶级的自鸣得意，还有一种特权阶层特有的无知，连茶叶是谁采来的都不知道。"

我们俩聊完，便掀开凹室的布帘弯腰出去，在丹妮尔布置的散装茶叶展示区旁边左一遍右一遍地道别。这里还有另外一块黑板，也是挂在高处的墙上，也是用紫色的粉笔写着诗句，这里写的是普鲁斯特的诗：

> 但是，当遥远的过去没有任何东西留下，
> 人已逝，物已非
> 都散落不见，只有味觉和嗅觉，更加脆弱，但
> 更加持久，更加虚幻，更加连绵，
> 更加忠诚，淡然处之，久久不去，仿佛灵魂。

丹妮尔看到我在读这段话,对我说:"就像父亲的麦麸皮一样——我说得没错吧?"

* * *

我第二次开车送父亲去斯卡吉特县——父亲很不好意思地提出了请求——是因为德尔文和贝琪·哈维因虐待杀人罪被传讯。现场几乎一个人也没有——事实上,除我之外只有三个人,那三人坐在一起,在我对面的一个角落里。

传讯开始了。贝琪·哈维拖着脚步从侧门出来,由两名警员陪同,她上身穿一件青绿色的毛衣和一件橙色的洗手衣,手脚都被铐着,腰上也拴了镣铐。淡黄色的眉毛稀稀疏疏,肩膀斜得厉害。尽管她的眼神很犀利,但是骨瘦如柴,好像一阵风就能把她吹走似的。

父亲和贝琪·哈维走近法官席。很难听到谁在说什么。父亲、法官还有检察官低声耳语了差不多三分钟,速记员笔挺地坐在那里,轻轻敲着键盘。然后他们就说完了,一名警员打开贝琪·哈维的手铐,让她好在保释协议上签字。她用松开的那只手先把几缕散落的头发别到耳后,然后搓了搓红红的鼻子,鼻翼呼呼翕了两下。接着她签了名,重新被铐上,最后呢,简单地说,她被两名警员夹在中间,拖着重重的步子穿过一道门,然后门"砰"的一声关上了,法庭里留下嗡嗡的回声。就在这时,在德尔文·哈维出现之前的间歇，我扭头望向旁听席的另外几位，突然意识到眼前的这个人一定是哈维家的某个孩子，坐在他两旁的肯定是他的祖父母。他的脸色很难看，五官都看不清了，只剩下斑驳的血色。

侧门开了，德尔文·哈维走了进来，一条锁链在他腰上缠了两圈，他的手就被铐在链子上，身上穿着褪了色的红色囚服。他个子不高，体格壮硕，下嘴唇厚厚的，下巴凹陷，发际线后移得厉害。仅存的头发朝一侧梳着，在两边的太阳穴中间形成一绺。德尔文·哈维拧着脸，屏着气，好像下定决心要鼓着腮帮保持沉默，随别人猜去。

他的手铐被解开了一只。他是左撇子，用左手在保释协议上签了字。接着他被重新铐上，目光投向了旁听席。他注意到角落里的我，然后是另一个角落的三个人。他冲他们点点头——或者更确切地说，是垂了一下下巴——然后，跟贝琪·哈维那样，他也被两名警员夹在中间，拖着步子从一扇侧门出去了。

诉讼结束。法官起身离开，法警紧随其后。速记员收拾好东西，也离开了。那两个看着像祖父母的，一人伸出一只胳膊搂着像是哈维家儿子的那个男孩，护着他朝出口走。父亲穿着雨衣，手里拎着公文包，来到我所坐的角落。"他们想要25万的保释金，"他说，"我要求个人具结。最后我们谈到15万，所以现在我得去见一个担保人。"

父亲去了。我在巴顿书店等他。这是位于弗农山主干道上的一家二手书店,地板吱吱呀呀地响。巴顿书店有一个区域都是关于本地历史的书,等到父亲从保释金办公室忙完出来,他在那里找到我,我当时正靠在一个窗台上读书。"这书怎么样?"他问。

我给他看了《斯卡吉特县和斯诺霍米什县历史图解》,这本书是1906年的新闻报道、县志记录、逸事、杂项还有照片的汇编。我告诉他,书的作者开篇先是把从斯卡吉特县海岸启航的西班牙、俄罗斯、葡萄牙还有法国探险家们抨击了一遍,说这些国家的人各有各的缺点,然后讲了英国的探险家,他对他们的印象要好些。我念了与此相关的一句给父亲听:"盎格鲁-撒克逊人的活力、缜密和激情,从詹姆斯·库克开始,将成为太平洋西北部海滨的典型特征。"

父亲说:"如果我没记错的话,詹姆斯·库克是在夏威夷被杀害的,是被用棍棒或者类似的东西打死的。"

我告诉父亲,从我目前已经读过的内容来看,《斯卡吉特县和斯诺霍米什县历史图解》中讲了不少谋杀案。1869年的冬天,在斯卡吉特河附近发生了三起。当时,马铃薯是那里的法定货币。我告诉父亲,有一个叫约翰·巴克的人被割破了喉咙,他的商店也被抢了。一群人迅速聚集起来,两个"印第安人"被绞死了,接着便有人注意到有一个叫昆比·克拉克的盎格鲁-撒克逊人在巴克死去之后不久就拿出三十美元买了一个印第安老婆。父亲拿过书,自己读了起来。"听听这段,"他说,"'后来,人们对商店的调查清楚地表明,抢劫和谋杀是一名白人男子所为,因为可能会被印第安人拿走的东西都没有丢,而白人可能会拿的东西都不见了。'"

他抬起眼睛,隔着老花镜看着我。"这侦查挺有意思。"他说。

我把车开上了高速公路。一开始,路很顺,但是后来,在西雅图以北几英里的地方有个事故,导致交通中断了。等待的时间里,父亲把文件放在腿上翻看,还在一些地方画上几笔。"怎么,"他头也不抬地问我,"你是怎么有时间这样开车送我跑来跑去的?你没有工作要做吗?"

我撒了个谎。我说我确实有工作要做,但是运气很好,因为我现在的条件让我既能有时间完成工作,又能给他当司机。"也许吧,"父亲说,"不过,我还是给你添麻烦了。不过我想说的不是这个。我想说的是,工作怎么办呢?我知道有人会说:'当你临终之时,你不会后悔自己没有做更多的工作,只会后悔没有去桑给巴尔岛看日落,后悔没有给心爱的人更多的爱。这两点才是最重要的。做想做的事,付出更多的爱。'好吧,对于桑给巴尔,我不打算说什么,至于爱人,这件事不一定要跟工作划清界限,对吧?这两件事难道不能同时进行吗?"

* * *

这让我想到了我的妻子,艾莉森。二十八年前,我在不列颠哥伦比亚大学的人类学博物馆里遇到了她,我是去那儿查资料的,也是想看看那里的Xwi7xwa图书馆,这些都是我给自己找的理由,是为了证明,我作为一个研究员,知道自己究竟在忙些什么。当时,我以为自己想要分析一篇关于弗朗茨·博厄斯功绩的虚构性叙述。他25岁的时候从德国航行到巴芬岛做人类学的田野调查,体会极度的严寒,后来,他可能是想让自己经历更多的磨炼,又去了太平洋的西北部,顶着骇人的大雨做民族志研究。再后来,"博厄斯的收藏"和"博厄斯论文展"被收录到美国哲学学会位于费城的总部。不过,在温哥华西南部的这个人类学博物馆,我也发现了一些博厄斯的信件副本。我虔诚地把这些副本收到一起,满心热情地在一台声音很大的复印机旁一页一页地复印,订好,然后拿到博物馆门厅的长凳上读。我一边读,一边不时地哈哈大笑,因为28岁的博厄斯会在信中这样写:"我希望我能找到另一个好心的钦西安人来代替马修,我怎么骂他都不解气。"艾莉森和我的相遇,就是因为我读到这段话的时候笑了:"今天是我来这里之后最糟糕的一天。我几乎什么也没学到,因为我不得不花了一整天的时间四处奔波,寻找新的人来访谈。""什么事这么好笑?"她问。我抬头看见一个穿着雨衣的女人,她把头发拢到一边,弯腰从直饮机的出水口喝了点水,刚刚直起身子。她的雨衣上满是雨珠,头发也湿了。我为自己笑得太大声向她道歉。她的回应是:扬了扬眉毛。后来,我去看雪松木做成的曲木箱子;她呢,绕过一个拐角,站在离我差不多九米远的地方。我们俩都没说话,连眼神都没交流,我把双手背在身后,故意让视线始终对着前方,读关于把木板分割开、用刮刀打磨的介绍。我感觉自己就像一个无名小卒,一个明显离群索居的家伙,我身上的毛衣虽然在博物馆里已经干了一些,但是还没干透——表面上我是在做研究,但私底下却变得躁动,好像一个警铃刺耳地响了起来。

据说,有些事情会"毫无预兆"地发生——在无风的日子里,一棵树突然倒下,心脏突然停止跳动,你家和邻居家中间突然出现了一个天坑,所有这些事都没有任何征兆,一点迹象也没有。不管怎么说,在博物馆的大厅里,图腾柱突然颤动起来。曲木箱子也开始移动。我扭头望去。附近一个玻璃展示柜里的面具变了神色。刚才一直在看那些面具的男人此刻正望着我,满眼的疑惑。事实上,博物馆里的十几个人此刻都在面面相觑,仿佛在我们中间的某个地方能找到答案,回答一个尚未成形但又需要立即回答的问题。我们就像摇头娃娃一样,僵在原地,只剩下脑袋还能动,或者就像桌上足球里的小人偶,刚刚做完热身。这时,我意识到自己已经不由自主地哆哆嗦嗦地将视线投向了"什么事这么好笑"女士,她双手抱着头,胳膊像翅膀那样弯着,也回头望着我,仿佛不但眼前面临的问题没有答案,其他任何值得成为问题的问题也同样没有答案。就在我们互相打量对方的当儿,地板开始嗡嗡作响,仿佛一辆坦克正从我们脚下驶过。接着,地面开始震动,开始摇晃。如果不是因为有绳索拴住,图腾柱随时有可能倒下来，不过再一想，那些绳索也完全有可能"啪"的一声断掉。展示柜里，雪松木做成的篮子像多米诺骨牌一样倒向一边，一只独木舟歪在地板上，一头熊倒着朝我的方向歪过来，柱子、横梁、混凝土、玻璃，五十英尺[①]高的天花板、展示柜里的碗、摇篮、棺材、帽子……所有这一切都被一种严肃的、带着威胁的喧嚣所笼罩，仿佛托起世界的大力士正揣着熊熊怒火在使劲跺脚，或是某位舞者不小心踢到了鼓，于是每一脚都引发一场地震，而他被激怒了，又疯狂地跳了起来。

随后，这一切又静止了，没有人掏出手机来发短信或打电话，因为压根儿没来得及。

我再次将视线投向那位"什么事这么好笑"女士，她仍然用手抱着头，姿势很像军事俘虏的模糊镜头中有时会出现的场景，但是在她身上又透着一种喜感。她看了看天花板，又看了我一眼。"我看，咱们应该离开这儿。"她一边说，一边指指头顶拴住图腾柱的绳索，它正触电似的嗡嗡响着。

我们俩赶紧跑了。雨已经停了，阳光隔着云层透出来，那种光线会让你联想到恢宏的神性光辉。要不是刚才发生了地震，我会觉得这样有些暧昧，可是因为有地震，就不那么明确了。我跟在"什么事这么好笑"女士身后，跟她保持差不多半步远以示尊重。走了一段，我们回头望了一眼，博物馆看上去好好的。我有

[①] 1 英尺 ≈ 0.3048 米。50 英尺 ≈ 15.24 米。

车，但是停在地下的付费停车场，现在已经不能去了，刚才我们在博物馆的时候，有一个票亭的收费员就坐在混凝土上刚刚出现的裂缝旁边的一块路缘石上，通向地下的入口处已经摆了一排橙色的塑料圆锥筒。艾莉森的车也停在下面。

博物馆的后面是一个倒影池。池里的水竟然在流动，碧波闪闪，让人担心这意味着还会发生余震，这迹象只表现在液体的流动里，很不容易察觉——不过，在那个时候，任何迹象都可以表示余震要来，即使最轻微的脚步声也不例外，即使是海市蜃楼也能让人触到或感受到能够惊动里氏量表的冲击。我们站在那里，用脚来听。既然我们已经到了这里，又做不了别的，于是艾莉森探出身子望向水面。我注意到，当她凝视水面，观察新月似的波峰时，是踮起脚尖的，坚持了很长时间都没有一点点摇晃，让我好奇她是不是舞蹈演员，或者以前跳过舞，因为她的姿势看起来很像，或者至少是接近芭蕾，而且她做得很放松，非常放松，两手就插在雨衣的口袋里，尽管中途她伸出一只手，把散落下来遮住眼睛的还湿着的栗色卷发拢了拢。咱就说，踮脚尖也得费点力气吧？她问我："所以，你是做什么的？"我回答说，我"暂时待业"，但是不久前——如果给"不久前"定义一个慷慨的期限的话，我说的是实话——我曾经在一家创造性地浇筑混凝土的公司工作：我们能浇筑柜台、水槽、灶台、楼梯、露台。与此同时，我对弗朗茨·博厄斯产生了兴趣，正在考虑写一本关于他的书，或者更确切地说，正在为写这样的一本书做调研。还没等艾莉森来得及有所回应，余震真的来了，毫无疑问，余震让倒影池里的水激烈地翻滚起来，让人，至少让我感到震颤，感到一种令人眩晕的愉悦，因为余震来得温柔，我又在户外，附近没有很高的东西，而且余震发生时，世界和我一样，都好好的，尽管当时我还没有想到什么把初恋情人同世界或是一场地震联系起来的比喻，但是刚才那些的确是彼时无处可躲的作家后知后觉的想法。等到余震结束，虽然倒影池里的水还没平静下来，但是艾莉森说："刚才那余震不错。"随后我们沿着塔滩散步，想着待会儿回来的时候，停车场门口别再摆着一排橙色的圆锥筒。在塔滩，海浪吐着泡沫，在阳光下闪耀着，从乔治亚海峡翻滚而来，拍打在卵石上，卵石铺成的防波堤上还残留着亮红色的浆果鹃。防波堤是用来保护悬崖上方的不列颠哥伦比亚大学校园的，为了防止海水破坏、侵蚀并最终导致校园关闭。艾莉森曾经在这所学校学习全球资源系统。一个小时后，圆锥筒还在原地，于是我们穿过马林大道，和其他幸存者一起——其实，那场地震中没有人死亡——走到艾莉森熟悉的一家酒吧，吃了肉汁乳酪薯条。

今天清早——我用鼻子贴着她的脖子，拥抱她的身体，用手揽住她纤细的腰——艾莉森睡觉的时候抽搐了。一开始，她的肩膀跳了一下，接着是大腿，然后是臀部，再接着就好像在原地轻柔地跑了起来。这一切让我感觉自己仿佛是个偷窥狂，同时又感到孤独，因为艾莉森的身体是那么温暖，她的喉咙湿润润的，在夜晚即将结束的寂静里，我闻到她身上淡淡的椰子油香味。我已经在想，不一会儿，她就要起床去上班。她现在在一个致力于保护北方森林的国际项目里担任助理主任。我还忍不住想起了从前的点点滴滴，那些过往的人和事、那些流动的影像、那些溢出的情感，还有那些转瞬即逝的话语、身影和场景。那些离奇的画面在我的眼前萦绕，我不禁胡思乱想起来，然而这万千思绪又离我如此遥远，可望而不可即。于是我很想叫醒她，催她赶快到我身边来，盼着我们俩能在一起，能感受彼此的气息。尽管这样的团聚可能因为死神的到来而变得酸楚，但它可以帮助我们迎接朝阳的到来，太阳跟每天一样，肯定是想要再次升起的。而且，我自私地希望，我们俩这一次的交合（如果有的话），能够让我彻底忘掉自己用手这回事，我一直觉得那样是个负担。然而，这就是醒着的那个人脑中虚幻的想法，他躺在那里，感受自己的欲望和一种并不情愿接受的现实混杂在一起，那就是，在此刻的清冷中，他必须首先遵从身体的召唤，爬起来，站到马桶旁边去撒尿。至于肉汁乳酪薯条，后来我不得不告诉艾莉森，我之前从来没尝过，因为想到给薯条和奶酪疙瘩浇上肉汁，我就觉得恶心，可是为什么又不能尝一下呢？我们刚刚亲历的重大事件[1]打开了肉汁奶酪薯条的大门，于是我们把叉子插进堆得高高的盘子里，我诚实地把自己的意见告诉了她，那就是，不管你怎么看，关于肉汁奶酪薯条最棒的一点就是，因为奶酪疙瘩的存在，这道菜还不

---

[1] Seismic event，双关语，指地震。

至于太糟糕。

  我有点惭愧,所有的这些胡思乱想意味着,如果考虑到后代,假如有后代的话(我们没有孩子),艾莉森就不再存在并且被别人取代了;一个新的时代将会到来,此刻活着的人都不会经历那个时代,除了艾莉森;在接下来的二三十年里,她会通过照片、书信,可能还有一些硬盘等任何可以从云端恢复的、带有她的气息的东西,偶尔重新出现在人们的脑海里,至于这本书里对她的描述以及其他书里可能出现的她在人们心中留下的印象能够持续多久,就无从得知了,所以留下来的只有人们的推测、歪曲、冷淡以及各种形式的人走茶凉,留下错误的记录,被新人所取代,生命的消逝留下的不是静默,而是重塑,是被选择、被忽视,然后留下一种不算彻底消失但也差不太多的假象:正如我第一次亲吻的女人,当时我的嘴里还满是肉汁奶酪薯条的气息,如果写作的我不记下这一笔,那么她也就不会出现在这个故事里;正如涂鸦者会做出选择,哪些事件、哪些线条、哪些癖好、哪些圈圈叉叉,等等等等,值得在大庭广众之下长久留存,同时又表达得无比隐晦,让人琢磨不出。比如:艾莉森有一个抽屉,里面装满了旧毛衣,满到每当她拉开那个抽屉,里面的毛衣就会鼓出来,好像终于松了一口气;她上中学的时候,喜欢穿着马鞍鞋,胸前抱着一个三环的活页夹,下午3:40到家,有时,她会在大门旁边的一个窗台上发现烟头,于是她就知道,爷爷正在屋里,挂着手杖;她在萨斯喀彻温省看见过一头驼鹿冲向晒着浴巾的晾衣绳；要是心情不好，有时她会低头站着，用铅笔画画；她的丈夫很喜欢她冬天穿的大衣，以前穿过的也喜欢，每次她穿上新衣服代替心爱的旧物时（她好几年才会买一件新的），他都会表示喜欢；她打电话时，会把广告传单折成信封的样子；她下坡时，右脚会比左脚稍微外八一点；秋天，她经常在头发里插上几片树叶；当她刚刚冲完滚烫的淋浴，锁骨下方的皮肤就会泛红，颜色有点像胭脂，又有点像红宝石；许多个早晨，她起床后的第一句话都是"现在几点了"；除草时，她喜欢用一台带天线的太阳能收音机听广播；她的鞋底中段靠外侧的边缘会磨损；还有，她把食物放进冰箱时，更喜欢用玻璃器皿，而不喜欢用塑料器皿。这里列出的一切，都可能会出于艺术考虑而被曲解，如果那样，我不会称之为悲剧，但也近乎悲剧了。

贝琪和德尔文·哈维被提审后的第二天，我和艾莉森参加了园艺修剪课程。我们家的院子里有一棵树，学名叫作弗里曼枫，我们对这个树种并不了解，之前的修剪全凭猜测，因而犹豫要不要继续留着它。在天然类固醇的刺激下，它不断地长出双头和三头，并且不停地伸出侧枝，仿佛太阳威胁它说明天就要熄灭一样。它像一位狂热的、繁殖极其迅速的大师，三下五除二地让我们给它剪枝的努力败下阵来，以至于我们开始怀疑它是不是对我们怀有敌意。我们还种了一棵垂枝榆树，原本应该长成伞状，没想到却长成了男人胡须的样子。还有几棵喜马拉雅桦，几乎要被窄吉丁虫蛀死了，急需治虫。问题一个接着一个，不过我们报名参加的修剪工作坊的老师是一位园艺学家，对每一个树种都了如指掌。工作坊是在华盛顿大学园艺大楼的中庭举行的，虽然是秋天，但是那天的太阳出奇地晒，简直要把人晒脱了皮，然后呢，等到工作坊结束，艾莉森和我便在校园里散步。我们想去看看刚才老师提到的一棵形状漂亮的垂枝榆树。我们在艺术大楼附近的一个侧院里找到了它。那棵树的伞状树冠很高大，而且非常匀称，像是特意修剪过的艺术作品。我们在旁边的一张长凳上坐了一会儿。校园里的园林景观呈T字形。所有不完美的东西要么已经被拆除，要么带有精心翻修过的痕迹。盛开的樱花和英国梧桐把校园装点得如诗如画，美不胜收。艾莉森和我看着眼前路过的学生——要是我们有孩子的话，应该也差不多这么大了，所以仿佛有些淡淡的触景伤情——接着我们走到沃灵福德，在那里，我们看到一个电影院门口的广告里有一部电影，我们原本并没有打算看，但是倒也不反感，好像值得一试的样子。于是我们便走进去，买了票，坐了下来。

　　星期六下午四点，在居民区的电影院里，你会看见很多跟自己年纪相仿的人——慢条斯理，有大把的时间消磨，对人恭恭敬敬，对生活要求不高，并且集体憧憬着寻回曾经的浪漫，多年前，在破败、闷热且不卫生的电影院里，他们曾经一边观看深奥的欧洲电影和超现实主义电影，一边体会恋爱的感觉。艾莉森和我放松地坐着，仿佛身处一个只属于我们自己的小岛，亲热地共享一大桶爆米花，沉浸在大银幕的黑暗里，其他观众和我们之间还隔着很多空位。这部电影是加拿大电影节的最佳影片,主演是詹姆斯·克伦威尔和詹妮薇芙·布卓,他们俩饰演坚守在乡村的人,虽然饱经风霜,但仍然彼此深爱。他的脸上长满了皱纹,而她的身体则变得虚弱。他们必须面对现实,其中很大一部分源于官僚主义——某种程度上,这让人想到关心政治的青年——其他的则关乎疾病。他们吃了不少苦。电影中的性是含蓄的,衰老等等也是如此。

在影片开始之前,影院的经理在大家面前表示,这部名为《依然如是》的电影原名《依然》,是分销商给它改了名字,分销商是在多伦多电影节上乘势拿下的这部影片,改名是因为《依然如是》听起来有些伤感,而这部电影其实一点也不伤感。他说得不对。这部电影的确很伤感。后来,我们离开时,艾莉森也这么说——说这部片子的确伤感,还有,等到那个时候——或者,或许已经到了那个时候——如果我们的生活也变得伤感起来,她也可以接受,但不要过于伤感,至于伤感本身,究竟何谓伤感?

我们回了家。我坐下来看书。门厅的另一头,艾莉森喊道:"你听啊!詹妮薇芙的介绍!'1977年,布卓遇到了她现在的伴侣,木匠丹尼斯·黑斯廷斯,当时他正在为她修建马里布的房子!''直到如今,他们仍然一起生活在加利福尼亚!'"

"难怪她演了《依然如是》!"

"叫《依然》!"

很快,我听见门厅那头传来鲍比·达林的歌声《如果我是木匠》。过了一会儿,艾莉森叫道:"找不到丹尼斯·黑斯廷斯的照片……这是詹妮薇芙和让·保罗·贝尔蒙多的照片……詹妮薇芙和迈克尔·道格拉斯……詹妮薇芙1966年……真不知道还有没有比詹妮薇芙更漂亮的人……这张她在吻伊夫·蒙当……这张,她还在迷恋着克里夫·罗伯逊!那克里夫·罗伯逊是怎么回事?我看看……哦,他死了!"

躺在床上,我把头一天从弗农山开车回家路上父亲说的话告诉了艾莉森:爱情和工作并不互相排斥。"虽然表达得合乎逻辑,"她回答说,"但是一点也不符合事实。"

"他会经常需要我开车接送。"

"没问题。"艾莉森说。

第二天早上,她起得比我早,开始修剪那棵垂枝榆树。她睡的那一侧床边——我经常纳闷她身上哪来这么大的热气——或者更确切地说,在床旁边的地板上——放着11本书、一盒面巾纸,还有她的老花镜、一个小卡子、一个发夹、一小瓶芦荟洁肤乳、一张图书馆逾期收据、一个木制的挠背器,还有三支铅笔。我拉开窗帘,阳光洒了进来。此刻,窗外的那棵合欢树上已经没有了粉色的花,但是阳光照进树上的荚果,给里面的豆子罩上了一层光晕。与此同时,凋零的花瓣落在地上,仿佛一片棕色的沼泽在迎接秋天。我起身去找指甲钳,最后好不容易在我之前码字写小说的房间里找到了。停笔不久,那里的一切已经弥漫着尘土和空虚的气息。我的书桌、书架、餐具柜还有文件柜,很快就变成了没有人烟的立体模型，变得了无生气，仿佛苍白的舞台布景。只消在门框上拴上天鹅绒的绳子，就可以把它变成历史文物，虽然除了我之外，没人会对这个景点感兴趣。当然了，说到底，我对那里的其他东西都不感兴趣，只是想拿一下指甲钳，再看看窗外，我注意到窗外的常春藤长得很茂密了，已经威胁到屋顶的天沟，虽然天沟还没有松动，但是有点危险。这样的场景让我感到羞愧。现在，每次打量我们这个小家，我都看到年久失修的痕迹。这就让人觉得，房主——或者至少是这位房主——的生活仿佛就是不停地修修补补，防止房子毁掉。我曾经看过一个关于毁坏的节目，在网上就能看，在节目里，人们想象某些地方一旦失去人类的宠爱，便渐渐成为废墟。我竟然看得很上瘾。有一集，当讲述者的声音变得低沉，预示不幸将要来临时，一群野猪在荒无人烟、杂草丛生的白金汉宫安了家。在另一集里，西雅图变成了一片盐沼地，只剩下太空针塔弯弯曲曲地站在那里，受到严重污染的空中，大雨倾泻而下，仿佛天灾降临。

* * *

我们观看电影《依然如是》，或者叫《依然》之后的那个下午，父亲来了电话。"要是从前，"他说，"我会开车去埃弗雷特的波音工厂，跟那里的人聊聊德尔文·哈维这个人，因为有过失的也许是他，而不是贝琪·哈维，可是现在，已经是过去时了,我没法去了。"

我没有回答。"其实,我还是能去的,"父亲说,"我可以坐出租车,然后自己想办法进到厂里。但我觉得你的作家身份会有帮助,因为你可以直接给他们打个电话,跟他们说你正在写一部小说,需要确认一些细节,做一些调研,想获得许可进到工厂里面,看看那些技术工人都做些什么,跟他们聊聊,当然,在这个过程中,你就可以问问他们认不认识德尔文·哈维,他是个什么样的人,大家是不是都很讨厌他,还是正好相反,他有没有说过什么,有没有做过一些事,能说明什么。你明白了吧?你帮我去一趟吧。"

* * *

我给埃弗雷特的波音工厂打了电话。接电话的人说我应该找芝加哥的某个人。芝加哥的那个人说埃弗雷特工厂是对公众开放的,我可以去波音网站上看一下,然后报名参观。不,我解释说,我想要的不是那样的参观,不是仅仅参观而已,因为我正在写一本书,想和波音的技术工人们聊聊。"一本书。"她重复道。她的反应让我意识到自己的要求一定让她感到棘手,因为波音公司曾经因为飞机失事而受到谴责,而且被认为是发战争财,被很多人认为同国防部勾结,不择手段地进行游说,所以我刚才说"我正在写一本书",肯定让她产生了警惕。"是虚构的,"

我说，"是一本小说。"

　　我得给吉姆·利特打电话，也可以打给莱斯利·施马德。她会先给他们俩打电话，把我的名字和要求告诉他们，然后他们会帮我走审批程序，让我填写表格——我听到话筒里传来音乐声——应该没什么问题。这都是因为——我觉得——小说不是真的，所以您不必担心。

* * *

　　经过一系列的手续，我成功了。在波音的大厅里，玻璃柜里陈列着巨大的锃亮的飞机模型，莱斯利·施马德给了我一个预先印好的名牌。接着，她和我上了一辆敞篷但是带有顶篷的电动车，开车的是吉姆·利特。那辆车开起来仿佛不存在重力，而且几乎没有声音。此时是下午2点，波音埃弗雷特的厂房散发着一股慵懒的气息。静得仿佛毫无生气。一切都显得平淡、沉闷，而又干净。我们拐了一个弯，车突然停了下来。吉姆跳下车，按下键盘上的按钮。一道很大的卷帘门打开了，我们进入了一个厂房，你可以称之为波音埃弗雷特的主要生产场所，或者是装配大楼，我们开车进去，按照地上画的线小心地控制好车速，这时，莱斯利·施马德朝我侧过身来，告诉我说："我给你介绍一下，你可能会想用笔记一下。这是世界上最大的建筑。占地近100英亩。体积是4.75亿立方英尺。是不是让人大开眼界？真是让人大开眼界。

我来得不是很多,但是我每次来,都忍不住惊叹,哇哦!"

那里当然是有飞机的,都还在生产的过程中——有些只是骨架,还没有外壳,有些则已经钉上了锃亮的铆钉。我看到一架机身的剖面,就好像有一侧被剥掉了一样。我还听见气动铆钉枪的声音。有人爬到机翼上,还有人在尾翼里里外外地忙活着。我根本看不懂,太复杂了。这使得一个人坐在房间里闭门造车显得尤为荒谬。我正这样想着,吉姆·利特把我们带到过道,也可以叫生活区,或者叫休息区,或者随便你怎么叫都行。技术工人们现在都在那里,我被交给了布莱恩·克莱斯特,他同意带我转转,或者说照看我。他跟吉姆和莱斯利耳语了几句,接着那两位便坐车走了。布莱恩剃着光头,看上去有点像演员伍迪·哈里森,浓眉,鹰钩鼻。我走进被他称为"豆荚室"的房间,有十几个技术工人正坐在一张长长的、伤痕累累的、有凹痕的桌子旁边,都是男的,大部分看上去都没精打采,只是程度不同。当时,"第二班"刚刚开始,也就是从下午2点到晚上10点。工人们喝着咖啡,嚼着薯片,看着报纸,盯着台式电脑,手里握着鼠标。那张桌子上有几个圆圆的老式热水瓶,还凌乱地放着塑料护目镜、牙签、盐瓶和胡椒瓶。空气里有浓浓的咖啡煮煳的味道。布莱恩解释了我的来意,但是并没有就此发表意见。我感觉房间里的每个人都试图表现得镇定,并且在考虑要不要给我一些回应。所有人都选择了不吭声。我拿着笔记本坐在那里。到了2点半,布莱恩·克莱斯特发出工单,工人们便离开了。我跟着布莱恩。到了"豆荚室"外面,他叫了一声:"喂,过来。"有两个人过来了,接着有另外三个人转过身来,似乎在琢磨是不是也叫了他们,然后这三人当中的两个也走了过来,所以最后一共是六个人——布莱恩、我、拉尔夫·吉布森、韦德·兰茨、杰里米·巴雷特、罗恩·理查森。布莱恩说:"好吧,这家伙是个作家,就像我刚才说的,他今天需要跟着大家。所以拉尔夫、韦德、杰里米、罗恩,他就跟着你们,不管干什么或者发生什么,你们回答他的问题就行。"布莱恩转向我,"所以,你就跟这几个人一起。"

拉尔夫、韦德、杰里米和罗恩的一个工单是做一个封闭舱。(封闭舱就是一个密闭的空间,今天他们要做的这个是用来装线缆的。)这个封闭舱需要有一个带架子的4英尺推拉窗和一个4英尺的推拉门。还有一个工单是做货架,货架应该是10到16英尺高,用来存储机身的栏杆。拉尔夫、韦德、杰里米和罗恩为这些任务去找合适的工具和材料,我就跟在他们后面,而在这个过程中,我认为最有可能的突破口是杰里米,我想从他那儿打听点关于德尔文·哈维的信息。我近乎讨好地关注着他,并在心里想着记者珍妮特·马尔科姆在一本关于谋杀案审判的书中所写的:每一个记者(此刻的我本质上就是记者)只要不是太笨或是太过自满,都能意识到自己的行为是不道德的。不过,这并没有阻止我。观察了杰里米差不多45分钟之后(我心里还是有点内疚的),我对他说——假装是听别人说的——"我听说这儿有个工人因为涉嫌谋杀被抓起来了。"

杰里米留着一头显眼的长发，是灰色的，有点像鬃毛。他还留了小胡子。浓浓的眉毛还没有灰白，眉峰有点上扬，看起来有点凶凶的。他穿着一件格子衬衫，有几个纽扣没有扣上，于是深V的领口露出浓密卷曲的胸毛，也是花白的。他还穿着我上小学时称作巡逻靴的那种大靴子。他的肚子圆圆的，声音很尖，肩膀很窄，马鬃似的长发梳得整整齐齐。他戴着塑料护目镜，用一根勒进头发的皮筋固定在脑袋上。"谋杀？"他说，但并没有表示怀疑。

他们聊了一会儿，拉尔夫、韦德、杰里米[1]和罗恩回忆起往事——其实是很多年前的事了——他们在做那个用来装线缆的封闭舱时，一起比画着挠头，气动设备发出震耳的噪声，机器来回操作，直到终于有人想起了德尔文·哈维是何许人也，然后他们便踊跃地坚持要告诉我关于他的事，还给厂房其他区域"能帮我了解那家伙"的工人发短信。在这里，我会最大限度地承认我刚才所提到的（记者们心知肚明自己的行为在道德上站不住脚），告诉他们我会如何使用他们告诉我的信息。大多数人，如果做好了准备，是愿意跟作家聊天的，即使原则上他们是准备拒绝的。你在新闻学院里会学到这些。或者更宽泛地说，在关于销售的课程中都能学到。等到午餐时间——第二班的午餐是下午6点——我已经毫无愧疚地在录音了。

---

[1] 原文是 Ralph，疑是作者修改时遗漏，此处同上文保持一致，沿用杰里米。

* * *

第一个工人:"哈维是个有趣的人,他平时不怎么说话,但是有时会突然说一些让你意料不到的话。我记得,有几次,他说起了内战。他是个历史迷,一聊起内战就眉飞色舞。他会说,在查塔努加战役中,如果盟军将领向左而不是向右行军,把炮兵安排在侧翼——这家伙在说什么啊?不过,主要是,你没法跟哈维开玩笑,跟他扯不起来。你知道,他不是那种嘻嘻哈哈的人。他有12个孩子,也可能是16个,或者50个。我猜,是因为他是基督徒。就我个人而言,我对基督徒没有任何意见,其实我对任何人都没意见。我只想着顺其自然地过日子。但哈维不是这样,因为当他较起真来,他会认为:我是对的,没有第二种可能。但我跟他从来没红过脸。我无所谓,不是什么大事,随便。不过,问题就在这儿。你没办法说哈维是这样的还是那样的,因为我认识他二十年了,差不多,我也不知道,我是28岁认识他的,我现在48岁了,人是会变的。我能记得哈维,他其实聊过不少关于孩子的事,就像你跟他一起在那边,他会跟你说周末他的孩子如何如何,他会说个不停,好像打开了话匣子。所以这是不一样的。这些人里,有些人不会记得这个,但是有很长一段时间,哈维都被认为是土得掉渣的乡巴佬。这是什么意思呢?意思就是超大的大胡子。你们记得吧?有些人叫他史密斯老兄,因为他看着就像史密斯兄弟止咳糖浆上的家伙。大家会说'史密斯老兄在哪儿呢'，类似这样的话。毛茸茸的大胡子。有一阵子，哈维会在午休的时候吹长笛，像长笛，反正大家把那个东西叫作长笛。我反正不知道那是个什么东西，听起来像是长笛，反正他吹那玩意儿。所以呢，之前有一段时间，那个留着史密森兄弟大胡子的家伙在角落里吹长笛。这是干吗呢？我会觉得他当时看起来有点像阿米什人。挺怪异的。

"他吹的是什么曲子？我要是知道就怪了。我猜是些小曲儿吧，《当约翰尼迈步回家时》之类？"

* * *

第二个工人："那玩意儿叫陶笛。他带着它的原因是它比长笛小，可以直接放在口袋里。史密斯老兄隔着他的乡巴佬胡须吹陶笛。他的胡子也被叫作暖手筒怪。随你怎么叫吧。有一次，史密斯老兄跟我说，他正在用木头做一些小东西，准备圣诞节的时候送给孩子们当礼物，就不去K玛特超市买了。我跟他说过我会用木头做一些东西，因为我确实会。简单的东西，积木啊，玩具之类。德尔把这些木头枪做得像BB枪一样，还做了一些小的牛栏。他会雕刻。我记不记得他跟谁红过脸？记得，他是跟人红过脸，但是跟他红脸的那些家伙本身也不是省油的灯。不是他主动惹事的。有一阵，他去工厂里的其他地方做事，比如检查起重机电缆、检修电梯什么的，但是后来又回来了。我记得8-7飞机出来的时候,我和德尔有个活儿,我们俩要把机库大门轨道里所有的橡胶清理出来,他当时心情不好,他很信奉上帝,认为'上帝自有安排',我不大信这个。我还是个孩子的时候,父母让我去参加《圣经》夏令营,三周过后他们来接我,我跟他们说,明年我不会再去了,因为夏令营的人想吓唬我,但我没跟德尔说过这些,因为他虔诚得很,不能跟他说这些。他非常非常虔诚。他认为都是'上帝的安排',记得吧?所以他有话要说。有一段时间,他是管事的,有些人不喜欢他的方式。他们认为他会把活儿顶回去,看不起他们,不信任他们,让你感觉自己很渺小。不是所有人都这么认为,但是有些人是这么想的,不理解他。不过,加班他从来不推托。有一次,德尔和我,因为7-7线坏了,我们俩连续工作了24小时。当时,用来安装机翼桁架的起重机出了问题,所以我们俩一直加班赶修。还有一个东西叫作'机身部位转向夹具',你在这儿的时候应该看到了,这个装置能让机身转动,方便检查。因为这个东西,它总是需要维护,所以我们就得检修,很费工夫的。还有什么?你想知道我们还做什么吗?哈维和我还做了什么?我们还研究履带式起重机。我们给起重机安装吊臂。有一个夏天,我和德尔,我们整个夏天都在电梯坑里,他们在那儿安装起落架,我们俩在门上安装螺旋起重器。德尔,他连续三个月几乎没说两句话,对我来说倒是挺好,因为我想的是专心把活儿干完,然后下班去玩滑水。"

* * *

第三个工人："我不知道你在写什么样的书。我猜你是想找点奇闻逸事之类的。跟我在一起的时候，哈维突然就会侃起政治。这些人当中有一个人认为罗斯柴尔德家族只是冰山一角。这些人，这些家族，他们控制着一切，他们秘密会面，他们控制着银行，不论发生什么事，都是他们让它发生的，我们其他人都是小虾米。对于这个观点，我什么也没说，随它去就好了。他也明白了我的回应。但是后来，好像我错失了良机一样，就好像我是另一只小虾米。他会发表一些观点。比如，我知不知道他们想要将世界人口减少到5亿？说实话，我并不觉得这是坏事。他说，那就意味着世界上没法有更多的基督徒。就是看着吧，他们就是这样控制世界的。我没回应，没上钩。他等了一会儿，然后说：'你知道他们的策略是什么吗？分化，然后征服。'他们要把世界瓜分掉。他们控制着国际货币基金组织、美联储。这是什么意思啊？我不懂。你们有没有人听史密斯老兄说过这些？我就把耳朵关上了，随他说去。但是再说下去，我就不得不开口了——听着，伙计，我想保持礼貌，但是我对这些不感冒。咱们聊点别的吧。后来就没什么了。他干了件很酷的事。他组装了坚固的钢脚轮。这样就可以让托盘货架滚起来，用叉车推动。有一次，我们要移动这台地毯切割机。史密森老兄操纵我们的台车。55号楼那边想要一台新的桥式起重机，还有新的分段门。哈维和我，我们俩做了分段门。起重机轨道差不多24英寸长,重900磅。每边有七根。我刚才说了,他干活儿是一把好手。我们以前经常拆棚车。我们要把棚车拆装得更高一点,或者更矮一点,反正是为了方便运输。我跟史密斯老兄拆过很多的棚车。我跟他还焊接过一大堆护栏。我们还做过新泽西护栏,做了得有几百个。不知道是什么原因,他们要我们必须把车间从56号楼搬到23号。唉。因为我们被边缘化了。他们想跟工会的工人签合同,因为他们比我们便宜。我们就沦落到只做脏活儿。哈维从来不抱怨。他不想抱怨这些,他只抱怨乔治·索罗斯和罗斯柴尔德家族,还有比特币。我甚至都不知道货币操纵是什么意思。我也无所谓。一辈子就这么长,而且你也做不了什么。所以还不如把嘴闭上,看看美好的那一面。"

* * *

我录音的最后一个工人做了总结,也可能是我采访到他就停止了,因为他的话听起来有点总结陈词的味道:"我感觉,哈维谈论宗教是有原因的。好像有什么事在折磨着他。丈母娘和老丈人会让女婿烦恼。每到危急时刻,人们就会更虔诚地祈祷——这就是他们的方式。而且还会教导其他人——上帝这个,上帝那个的——因为他们压力很大,所以必须说服自己。但我不是心理学家。伙计,你能看得出来,哈维心里有事。我妈经常说:'孩子，你的眉头干吗皱成一团？'哈维的眉毛就是那样拧着的。午餐的时候他会打电话，跟他老婆通话。这边吃着饭呢，电话响了，他就走到边上去接。能看见他的手在动。人们这样做的时候挺好笑的。戴着耳塞走在街上，一边说话，一边比画，就好像电话那头的人能看见似的——我能笑掉大牙。德尔文是在跟他老婆通电话，肯定是他老婆。我问他怎么了，他说'我们收养的那个丫头得了肝炎，我老婆要求所有的东西都得这样'，我的理解是，她是那种过分讲究卫生的类型，我老婆也是，比如要用洗手液啊，好像用了那玩意儿就能包治百病似的，不过呢，要是用了能让她心里踏实，那就让她用去好了，反正也花不了多少钱。哈维呢——碰巧在他被抓走之前，我经常跟他一起干活儿，就像我说的，他打电话的时候都快把头抓秃了。我当时感觉，他这婚可能要掰了，因为我见过男人分手，种种迹象就摆在那里，朝着离婚去的。没想到我错了，不是离婚，是别的事。但是他被抓走的时候，每个人的反应都是'啊？'。我的意思是，我们都惊呆了。没有哪个男人会往死里打孩子的。你想象不出哈维无缘无故对一个孩子动手。我甚至都没听见他抬高过嗓门儿。我简直不敢相信，对他来说绝对是反常行为。他们所说的他的行为，完全不是他的风格。总而言之，他们来抓他的时候我也在场，把我的魂都惊掉了。就在外面的停车场那儿。他自己好像也料到了，都没争辩，也没干吗，就伸手让人家给铐上了。我简直目瞪口呆。我们大家都不知道是怎么回事。你经常会看到这种故事，有人把地铁炸了,或者在商场里刺伤了人,然后他的邻居会说:'万万没想到啊,这家伙看起来跟别人没什么不一样。'亚当·桑德勒的这首歌以前经常听得我哈哈大笑。有这么个人,他会买学校里的糖果棒,他会给你的车接电,你去度假的时候,他帮你拿邮件,合唱的时候?他喜欢唱《莫伊达》①。所以我的意思是,你没法确定德尔文究竟是什么样的人。也许他的确对孩子下了手,谁知道呢?我看纳粹照片里的那些纳粹分子,他们看起来也很正常,所以,也许,德尔文回家以后就露出了恶魔的那一面。说不定他有一根棍子,或是一截鞭子,会打小孩,坏得一塌糊涂。然后他穿上外套过来上班,在这里你什么也不会知道。除此之外,我还有一套理论。那就是他不管是在家还是在厂里,都是一样的。"

* * *

提审过后,哈维夫妻获得保释。保释条款之一是他们俩之间不得交流,也不能见孩子——孩子们现在住在寄养家庭——所以德尔文·哈维就回了斯通巷的家,而贝琪·哈维去了埃弗森郊外的娘家,靠近加拿大边境。12月,我开车载父亲去了一趟。路途很远,风很大。贝琪·哈维的父母住在一个双宽的移动住宅里,家里摆满了塑料花。屋子后面是一大片桤木林,旁边是一辆黄铜

---

① 亚当·桑德勒的歌曲名。

色的面包车,车身上印着条纹。我把车停在它旁边,父亲让我进去以后"发现什么情况,就录下来",我说我尽量。

我们踏上门廊。贝琪·哈维开的门。她穿了一件超大号的连帽衫,下身是一条带大口袋的牛仔裙,长度到脚踝,脚上拖着莫卡辛软皮鞋,没有化妆。她的两颗门牙形成一个夹角,就像两张扑克牌互相支撑那样。她呆呆地瞪着我,不由自主地伸手捂住嘴巴,说:"这是谁?"

"他吗?"父亲一边说,一边用胳膊肘轻轻碰了我一下,"他是我儿子。"

"你为什么要带他来?"

"因为要录音。"

贝琪·哈维隔着玻璃又仔细打量了我一番。"在这儿等一下。"她说。

她把门关上了,彻底关上了,咔嗒一声。我们在风里站着,风里带着一股潮气,冷飕飕的。"贝琪这个人,"父亲说,"不信任别人。还有一件事,卫生对她来说非常重要。我跟你说这个,是告诉你不要去跟她握手,因为她是不会跟你握手的。她不会握你的手,有两方面原因:一方面,是害怕有病菌;另一方面,是怀疑。她不知道怎么看待你。她看了一眼,认为你是个自由主义者。然后她又会想,如果你是自由主义者,那么你所支持的这个体系又对她不利。而如果你支持的体系对她不利,那你就是导致她被捕的阴谋的一分子。世界上的人被她划分成两类,她自己是被迫害的那一类。"

贝琪·哈维开了门——事实上,她是用纸巾隔着手开的。"把脚擦擦。"她说。

我们进去了。屋里有地毯清洁剂的味道。我们跟着贝琪·哈维进了客厅,她的父母亨丽埃塔和卡尔·胡伯两口子坐在椅子上,电视开着,但是没开声音。我看见他们在看一部戏剧,至少有部分剧情讲的是警察坠入爱河的故事。胡伯先生的腿上坐着一只迷你贵宾犬,胡伯夫人的椅子旁边还有一条狗,我没看出是什么品种,它正卧在一张羊毛床上打着呼噜,边上还有一根橡胶骨头。我仔细看了看:这条狗应该有雪纳瑞的血统。我还发现胡伯夫人是坐在轮椅上的,虽然我是过了一会儿才看出来的,因为轮椅上放了好几个靠垫,几乎跟客厅的家具融为一体。她穿了一身红褐色的套装,头发是铁娘子撒切尔夫人的短版。这个发型给了她一些阳刚气,让她有了一种不怒自威的神色。简而言之,她还是有点让人望而生畏的。

胡伯夫人拨了两下轮椅扶手上的操纵杆。轮椅转了个方向。她的目光与我相会。"我闺女跟我说的是来一个人。"她用电视遥控器指着我。

父亲也指指我。"这是我儿子,"他说,"他写书,所以平时要做采访,那,因为他做采访,所以就知道怎么用手机录音,所以今天他就是来干这个的。他是来录音的。他录完音,然后我们就走。我们会回到我的办公室,把文字记录整理出来,这份文字记录可以帮我准备这个案子,这样我就可以更好地为贝琪辩护。我希望我说的这些您能认同。"

胡伯先生直起身子。有那么一瞬,我以为他要说点什么,但是最后他什么也没说。也可能他只是决定不在我们面前懒洋洋的。总之他一直板着脸,一手抚在贵宾犬上,然后咳了两声。

"他写书,"胡伯夫人说,"什么样的书?"

"小说。"父亲回答。

"什么样的小说?"

"普通的,"父亲说,"我也不知道应该叫什么。"

胡伯先生又动了动。窗外的光线照在他毫无表情的脸上,我注意到他眼镜的镜片是淡淡的黄色。脑袋上只残存着几根沙褐色的头发,没有梳过。他大着嗓门儿开了口,声音有些嘶哑,说话好像有点吃力。"我叔叔莱斯特跟路易斯·拉穆尔在3622军卡中队的时候就认识了。"他说。

"安静。"胡伯夫人说。

开场白结束了。父亲拎着公文包,问胡伯夫妇俩是否有人愿意出庭做证。这时,胡伯先生竖起了食指:"公开演讲啊,我不擅长,我老婆可以,她能对付那些最能言善辩的人,我闺女也可以——她的公开演讲不错。母女俩都能搞定,但是我,我反应不够快。说实在的,你要是把我放到现场,我很可能会打磕巴的,所以我还是留在后台吧。你们都知道的。"他对妻子和女儿说。

胡伯夫人一点也没有回应丈夫的话。相反，她用电视遥控器指指沙发，说："你们两个坐到那边，说给我们听听。"

我和父亲坐了下来。父亲把公文包放下。"我想要做的，"他说，"胡伯夫人，是在我们做出任何决定之前，先用你们可能会被反复问到的问题来模拟一下。你同意吗？"

胡伯夫人毫不掩饰地笑了——她似乎有那么一点兴趣——脸都褶了起来。"你想看看如果有人想找我的破绽，我会怎么样。"她说。

"我不知道我是不是会这么看。"我父亲说。

"他们总想把人当傻子。"

"谁？"

"律师。"

"我就是律师。"

"那就做你的律师吧。干活儿。"

* * *

我不太想让胡伯夫人把我的手机放在嘴边对着麦克风说话，于是，我坐在沙发一角，尽量小心翼翼地让话筒对准她的方向。父亲说："好吧，那咱们开始。胡伯夫人——我能叫您胡伯夫人吗？"

"你这话语法不对。你的意思是，你可不可以叫我胡伯夫人。"

"胡伯夫人，"父亲说，"您有没有给过女儿女婿一截水管，用来体罚他们的孩子？"

胡伯夫人："我没有。"

父亲："您有没有给他们提供过任何用来体罚孩子的东西，不管是什么时候给的？"

胡伯夫人："我没有。"

父亲："您有没有见过阿比盖尔被腰带、水管、胶棒或者其他任何工具体罚过？"

胡伯夫人："我没有。"

父亲："用手呢？"

胡伯夫人："没有。"

父亲："您见过家里有人打阿比盖尔吗？"

胡伯夫人："这个问题我刚刚回答过了。"

父亲："您知道家里有一个便盆是专门给阿比盖尔用的吗？"

胡伯夫人："他们那个便盆是给大家用的，这样如果孩子们在外面玩的时候想上厕所，就不用进屋把地板踩脏了。"

父亲："您有没有见过圣诞晚餐、复活节晚餐或者任何节日的晚餐时，阿比盖尔被跟其他家庭成员分开？"

胡伯夫人："我从来没见过那样的情况。她跟其他所有孩子的待遇是一样的。"

父亲："您有没有见过给阿比盖尔的食物和给其他孩子的不一样？"

胡伯夫人："我记得有一次，她拿到的是火鸡三明治，而不是花生酱三明治，因为她感染了一种菌，吃花生会出问题。"

父亲："您记得哪一次给阿比盖尔的是冰冻食品吗？"

胡伯夫人："我唯一能想起来的是，她吃得很多，而且如果她想吃，还可以再吃第二份、第三份。"

父亲："阿比盖尔受到的待遇跟其他孩子有什么不同吗？"

胡伯夫人："我已经告诉过你了。她跟他们都一样，没有任何不同。"

父亲："阿比盖尔被关到屋外体罚的时候，您有在场过吗？"

胡伯夫人："当然。我自己也会把孩子关到外面。你儿子——你从来没把他关到过外面吗？"

父亲："胡伯夫人，被律师问询的时候，表现出攻击性并没有帮助。"

胡伯夫人："你从来没把他关出去过？"

父亲："如果您这样咄咄逼人，我就没法让您出庭做证了。"

胡伯夫人："你知道吗？你是西雅图人。在西雅图，他们把共产党人选进了市议会。他们称之为社会主义，但其实跟共产主义是一回事。西雅图被蒙了眼，被人骗了，就是那些制作电视广告的人。你意识到了没有？那些公司的人问自己，利润在哪儿啊？利润就在于把黑人放到广告里，把同性恋放到广告里，把女人放到广告里，还有那些关于女性权益的废话。因为他们就是想卖东西。他们想把东西卖出去，就这一个目的。所以他们就在电视上做广告，把黑的说成白的，把错的变成正常的。你要知道，这些公司在背叛我们。他们才不在乎我们怎么样,只要他们能赚钱就行。这就是他们所谓的自由。广告里到处都是黑人的音乐。你都不能称之为音乐。跟音乐有什么关系?难听死了。他们把孩子们都洗脑了。所有的广告里,那些人晃来晃去,都不嫌丢人,就为了卖给你一部手机。还在你家里装上小音箱,偷听你说话,然后想出更多的法子来赚你的钱。情况越来越糟。所有这些人都把'觉醒'二字挂在嘴边。说的话连语法都不对。反正很蠢。就好像他们醒着,我们其他人都睡着了似的。其实他们才是吞Kool-Aid[①]的那些人。还叫别人醒醒。啥意思?醒来被洗脑?他们才被洗脑了。孩子们像黑人那样到处瞎晃,说话也用黑人的词儿,即便如此,还会遭到殴打,就因为他们是白人。这是作为白人最倒霉的一件事。白人现在处在底层了。骂我们,打我们,还跟我们说问题都在我们身上,然后又跟我们说咱们应该成为盟友。我听到'盟友'这个词,'白人盟友',我只想笑。盟友。你知道什么是盟友吗?都是暂时的。就像'二战'期间的我们跟苏联一样。不是朋友。跟朋友完全不是一回事。黑人只会利用白人来往上爬。现在每家公司都得尽可能多地雇用黑人,不管他们能不能胜任工作,只要雇了黑人,就可以拿出去说,然后大家就都喜欢他们,买他们的产品。哦耶。我知道西雅图的那些事。他们认为自己可以犯罪,可以违法,然后等警察进来履行职责时,警察

---

① 有多种颜色的一款饮料粉,尤其受到非裔美国人欢迎。

反而会被吐口水,好像警察犯了罪似的。警察啊!警察的活儿最吃力不讨好。黑人违法犯罪,警察说一句话,大家就把视频拍下来,跟警察说他是人渣。没有警察哪儿来的我们?你要做的,不过是有一些基本常识,给人最基本的尊重,然后把手举起来,让你干吗你就干吗,然后就没事了,可是呢,他们偏不,他们非得吵,非得表现出不尊重,还威胁警察,最后等他们被按在地上铐起来的时候,他们还责怪警察尽责,真是笨蛋,真是气人。关于女权的废话也是。'赋权'。我要是再听见谁说这两个字,我就要把他勒死。你记得'二战'诺曼底登陆那天,他们把登陆艇的后面打开,那些男孩子跳出来送死吗?那会儿女人在哪里呢?她们也在那儿送死吗?下一场战争肯定还是一样,男人在外面送死,女人很开心有男人替她们送死。真是太开心了。为那些真正的男人而开心,而不是你在广告里看到的那些小东西。现在广告里的那些男人甚至都算不上男人。要是把一个真正的男人放到广告里,他反而会被取笑。阳刚之气有毒。我也听他们说过这个。呵呵。等下次打仗的时候再看吧。等到打仗了,她们又会尊重男人,因为是男人让她们免受强奸和劫掠。神奇女侠。你见过吗?现在,每部电影里,女人都会对男人拳打脚踢,或者炸毁坦克,那都不是现实。现实是,你看足球场上,女人呢?女人更弱。我们没有男人那么强壮,跑得也没那么快。这些都是显而易见的,说都不用说。那那些关于神奇女侠的废话有什么意义?一回事。还是在骗你。我知道这个说法不大被认可,但其中有很多都是犹太人。这些事都是他们推动的,就是因为钱。他们把钱放在第一位。他们知道怎么赚钱。现在是用女人做文章。他们想把詹姆斯·邦德变成女人。女版的詹姆斯·邦德?这可能是我听过的最愚蠢的事情了。或者他们想把他变成黑人。黑人版的詹姆斯·邦德?只要这样能赚钱,他们就会这么干。他们才不在乎。让社会垮掉。让基督教的价值观垮掉。我们会不会丧失自己的价值观,他们是不在乎的。就算这一切全都垮掉,然后我们都没法保护自己,因为都忙着把头发染成粉色,忙着搞同性恋,或者甚至都没有这些,只是连自己都搞不清自己是男是女,就算这样,他们也不在乎。还有一件蠢得不能再蠢的事。你看,我们甚至都不能说,你生来就有两个X染色体,或者一个X染色体一个Y染色体,句号,到此为止——你已经不能再这么说了。他们还想为此制定法律。他们想说,你可以想去男厕所就去男厕所,想去女厕所就去女厕所,一切取决于你那天的心情,自己是男是女,随意,这也太无厘头了,简直毫无道理。我们怎么会到这个地步?就是因为我们太胖,太快乐,一切都这么唾手可得,也不打仗,也不是困难时期,一切都很好,所以愚蠢的白人就决定,嘿,我们的钱太多了,分一点出去吧,然后他们就转动钥匙,打开大门,而大门一旦打开,自然而然地,各种人就进来了,现在他们把手勒在了我们的脖子上。他们想要什么?他们想要都拿过去。他们什么都想要。"

* * *

我们上了车。"我不能让贝琪的母亲出庭做证，"车门还没关上，父亲就开口了，"蔑视法庭会出问题的。"

胡伯家在我们的身后渐渐远去。到处都是水田，森林都是光秃秃的。多刺的灌木和交错缠绕的光秃秃的藤蔓从黑漆漆、一望无边的水面上伸出来，让修剪过的草坪有了新的模样。从这里路过应该是挺美的——秋天和冬天都有水——但是对我来说，在听完胡伯夫人那番激烈的长篇演说之后，这些被水漫过的冷飕飕的牧场也蒙上了一层阴影。父亲也高兴不起来。他一边摇头，一边揉了揉太阳穴。最近这三个月，他每天都工作很长时间，天不亮就起床，收拾好公文包，穿上大衣，然后走到公交车站。已经是83岁的老人了，我感觉他是不服老的，岁月会让人们慢下来，让原本习以为常的努力变得吃力，但他认为自己能够在同岁月的斗争中获得胜利。他不会服输的。他要继续前进。"先不谈贝琪母亲的言论可能存在的各种问题，"此刻，他说道，"我是她女儿的律师。我正在尽我所能，让事实大白于天下。这，她反对吗？她反对根据案件事实来判断有罪还是无罪吗？她其实是可以上法庭帮女儿做证的。她可以向陪审团多多地介绍关于贝琪的事，让他们对她有更多的了解，但她没有这么做。相反，她一肚子的愤怒。在她的心目中，世界就是一个糟糕的地方，到处都是很糟糕很可怕的人，这些人做的任何事都百分百是错的。我到她跟前，问她：'您能不能帮我把事实摆到陪审团面前？'她从头到尾说的就是这些。除了愤怒，别的什么都没有。而且，她对你也不友好，而你是我的儿子，所以我也很不舒服。"

下雨了，因为有风，雨是斜的——在我们的挡风玻璃上敲出切分音的节奏。在一阵一阵的风中，汽车朝左侧摇晃，雨刮器全速工作。这样的天气和胡伯夫人激烈的言辞让方向盘后面的我感到焦躁。不过，父亲却睡着了，两只手搭在膝盖上。他的右手搭在左手上面，双手都刻下了岁月的痕迹。他的裤腿卷到了上面，使得两条长腿看着比平时更加瘦削。能看见他长袜上的螺纹，擦伤的小腿也露出来差不多两英寸。他垂着头，隔着一绺一绺梳到脑后的花白头发，我能看见他的头皮，头皮上有像结节那样鼓起来的、粗糙的斑块，有黄褐斑，有疤痕，还有凹下去的缺口和裂缝。是啊，睡吧，我心里想。你需要多睡一会儿。

那天，在我把他送到家之前，父亲从裤子的口袋里掏出来一个东西，拿给我。"你把这个叫作什么？"他问。

"U盘。"

"这个U盘，"他说，"把阿比盖尔送到哈维家的那个寄养机构寄来的邮包里有这个，他们的资料肯定在里面。"

"我明白了。"

"处理起来麻烦吗？"

"不麻烦。"

"把资料弄出来很容易？"

"是的。"

"那,"父亲说,"你能不能帮我处理一下,让我看看里面都是什么?我不想把你的时间都占满了,所以如果你不想做,就直接跟我说。"

"一分钟就能搞定。"

"我给你添麻烦了,"父亲说,"我给你增加负担了。我半夜头晕的时候,你妈妈也是把你叫过来。"

我知道他说的是什么。他说的是在此之前差不多一年的时候,有一天半夜,我接到母亲的电话。她在电话里告诉我,她正看着午夜的电视节目,突然听到卧室里传来"砰"的一声。她冲进去(她所说的"冲"其实是一瘸一拐地过去,因为她的脚浮肿,而且长了鸡眼),发现父亲倒在床和墙壁之间的粗毛地毯上。他就在那个空隙里,龇牙咧嘴地打手势——"抽搐,"她说,"因为又一阵眩晕。"母亲说,这种情况她搞不定,因为她没有地方下脚——即使有,她也知道自己没那个力气——她没办法用力把他拖到床垫上,即使有地方,她也做不到,因为力气不够。但是眼下也没什么别的办法,所以她试着扶他起来,而这个动作就"稍稍"踩到了她的丈夫。于是面对眼前的现实,她决定放弃,并且给我打了电话。不过她还是先打开床尾的雪松木箱,从里面拖出一条上了年头的被子,盖在父亲身上(我猜没准儿还带出了一片尘土),然后又趴在床垫上,很不容易地在他的头底下塞了一个枕头,然后又喘了口气,才抓起床头柜上的绿松石色公主电话听筒——那团电话线永远是缠成一团的——母亲给我打电话时，父亲还在地板上挥着胳膊朝她喊："别打扰他！大半夜的！"我在电话这头清清楚楚地听见了他的声音。于是挂断电话后，我告诉艾莉森这通电话是关于眩晕的，所以我要去父母家一趟，于是她问："我要不要跟你一起去？"人们预感到死神将至时，就会问这种问题。我理解她的想法，但我当然也会跟大多数人一样，说"不需要，你不用去，我很快就回来，应该用不了多长时间"。

然后我就去了。当时是10月份，虽然大城市的夜晚光照充足，但还是可以看见星星，那天夜里，一切都闪着银光，冷飕飕的。我超速驾驶着我和艾莉森平时用来处理家务的那辆很破的四缸小卡车，但是我们每次开车，都要提前做好心理准备，因为西雅图的交通糟糕透顶，连我们以前秘密绕行的崎岖小路上都能塞满车，让人非常恼火。（这座城市的一切变化都让我和艾莉森感到烦恼，即使我们一直在对自己也对对方说，这就是生活，我们有什么资格抱怨？在你身后，总会有人希望你从未来过，你也从来无权画上一条线，要求那些不断的、令人不安的、不可避免的变化在你自认为属于自己的家门口停下来，不，世界不是那样运转的，我们都是过客而已。）

等我到了父母家，发现门前的草坪上已经结了霜，台阶旁边柱子上的灯也坏了，我知道这处损坏需要我来修缮。屋里，母亲把暖气调到了能蒸桑拿的温度，给父亲的脚套上了暖和的袜子，父亲躺在地上，原本苍白的脸色发灰，或者至少在我看来他的脸是灰色的，主要是因为他被裹在厚厚的棉被里，被子上的玫瑰花蕾图案已经发黄，闻起来有一股陈旧的樟脑丸味。"他的牙齿在打架。"母亲对我说。父亲的声音从他床边那个空隙的某个地方传来，含混而又夹杂着锉刀摩擦一样的声音："我的牙齿没有打架。"

我掀开被子，发现父亲身上只有一条平角短裤，其他什么也没穿，他朝右侧蜷缩着，两只胳膊抱着肩膀，发黄的皮肤下面能看见三根肋骨。我挤进他躺着的那条狭窄的通道，后背抵着墙，像过去新郎抬新娘进门槛那样，或者说，像广告里消防员从着火的房子里救出跛脚的孩子们那样，把父亲抱起来斜放在床上，然后又帮他把两条腿拉过来，直到他的身体差不多跟床的边缘平行，接着，我又爬上爬下几次，把他一点一点挪到床的中央，这样他就不太容易再摔下去。躺在那里，他看上去比在地板上还要瘦小，而且在完成这些动作的过程中，说老实话，我绝望地发现他摸上去就像一罐在厨房台面上放了一小时的牛奶，谈不上凉，但也没什么温度。不过呢，不管怎么说，盖了两条毯子和一床被子之后，他看着就像一个光滑的棉质重物下面的一根细长条，并且用母亲的话说，似乎"稳定了"。母亲当时双手叉腰在一旁站着，一如既往地令人敬畏，不过也有点被吓着了。我呢，我看似乎没什么事了，便在夜色里开车回了家，路上脑袋里还想着父亲那温吞吞的皮肤。

我到家时,艾莉森醒着——她亮着灯,正坐在床上读《星河:与谢野晶子诗选》——她听我讲了事情的大概,说:"我很高兴他没事,只是因为眩晕。你妈妈肯定又熬夜看电视了。所以,你觉得他们没事?"

"我觉得应该没事吧。你手里这本书怎么样?"

"'全神贯注于彼此,'"于是艾莉森读道,"'我分不清我们:你,白色的三叶草,和我,柔软的白百合。'这就是整首诗。完整的一首。就这样。"

* * *

从胡伯家回来之后的那天晚上,我上楼来到已经很久不用的阁楼,坐在黑暗里打开了那个U盘。里面的文件包括标题为"可选儿童"的视频脚本,视频的开头是埃塞俄比亚一家孤儿院里的姐妹俩。她们坐在一张破旧的沙发上,两人都跷着二郎腿,左腿在上,右腿在下,都用一只手托着下巴,叫她们笑,她们就都笑笑,看上去有点紧张。她们这样坐着,同时有人在镜头后面用英语夸赞她们的各种优点。接下来是到那里刚刚两星期的一个女孩("小姑娘不错,没有兄弟姐妹,上四年级,准备上五年级"),后面是一个"在学校成绩很好"的女孩,然后是一个"非常害羞,不怎么说话"的男孩,再后面是刚到孤儿院的俩姐妹("两个小姑娘太可爱了,估计我们很快就能给她们找到新家"),

然后就是阿比盖尔,她的头发紧紧地编成了辫子。"这是阿贝巴,"不知道是谁在介绍,"阿贝巴上六年级,似乎是个非常聪明的女孩,我们问的所有问题,她都能迅速回答,英语学得也很快。她没有兄弟姐妹。父母都去世了,也没有亲人能收留她,所以被带到这里来。"

阿贝巴看上去神情低落,好像对正在发生的事并不关心。她所表现出的镇定也可能是因为她已经没了力气。她所表现出的谦逊也许是因为受到了深深的挫败。她的脸很瘦,身上的衣服也很破旧,但是外面套了一件带白色流苏领的夹克,想遮住里面的褴褛。有两次,她都垂下了头:一次是在快要开始被介绍之前,好像正在努力适应自己的优点和出身将被作为卖点。还有一次,是之后没多长时间,她被夸赞聪明的时候。后来,她朝右边瞄了一眼,从她的反应可以推断出来——她的眼角出现了褶皱——说明镜头外面有人在催她笑两下。最后,就在镜头关闭之前——在关于她的广告结束,在这段节目完成之时——阿贝巴似乎松了一口气。她的眼睛下方有因为缺觉而导致的黑眼圈,像两个黑黑的月牙——她的眼睛出奇地大,不是说大得让人觉得奇怪,而是真的特别大。

我点开另一个文件,打开里面的第一个文档,里面有一位男士被标明是"所罗门·阿迪苏,最近的亲属",是所罗门·阿迪苏把阿贝巴带到这家孤儿院来的。那里的一名社会工作者在她的接收记录中写道,据所罗门·阿迪苏介绍,阿贝巴现年10岁,没有兄弟姐妹。她的母亲在她1岁半的时候去世了。她的父亲——也就是所罗门的兄弟特梅思根·阿迪苏——三年前也去世了。这三年间，阿贝巴就住在所罗门家，所罗门的妻子也去世了，家里还有两个女儿和两个儿子。他们住在塞俄塔镇外。所罗门没有工作，并且患有肺结核，时不时地就会发病，只不过有时候重点，有时轻点。虽然身体不好，但他种了木瓜、画眉草和柠檬，还养鸡，鸡蛋用来卖。他的孩子们只能打点零工，工资勉强维持生计。他们住的房子是所罗门姐姐的，他们渐渐欠下了姐姐的房租，越欠越多。差不多一年前，姐姐告诉所罗门，她长期以来的慷慨不得不画上句号了，因为她的身体出了问题，需要用昂贵的药物，但是她知道有一个办公室可以帮人找工作：是一家雇用女性去中东地区做家政人员的公司。于是，所罗门的大女儿法西卡去了这家公司的办公室。那里的人给她办了护照，把她送去了科威特。

所罗门告诉孤儿院的社会工作者，他们以为家里的财务问题已经得到了解决。但是随后法西卡写信回来，说原本跟她讲的是每天工作8到10小时，只服务一户人家，可是实际每天要工作16小时，服务住在相邻公寓里的三户人家，而且，她的工资也跟原先承诺的不一样。有个科威特人告诉她，她的工资比预想的低，是因为收取工资的埃塞俄比亚中间人从中做了手脚。而当所罗门去找这个中间人理论时，他又说是科威特人少付了工钱。所以事情就僵在这里了，他正在想办法。

所罗门跟社会工作者说，解决法西卡薪水微薄这个问题的办法，是让他的另一个女儿蒂吉斯特也去科威特工作。在那里，她就睡在雇主家的储藏室。她得了脓毒性咽喉炎，有一段时间没法工作，所以他们就没有付钱给她。她还得了结膜炎，患了脚气，后背也痒。夜里可能有些小东西咬到或是戳到了她，留下了伤痕。不过蒂吉斯特还是打起精神重新开始工作，但有一次她的雇主发现她在工作时间打瞌睡，便把她的眼睛蒙上，用一根扁木条打她，作为惩罚。总而言之，所罗门对社会工作者说，尽管他的女儿们做出了各种牺牲，但他们家还是一贫如洗。

所罗门说，阿贝巴是孤儿，因此符合住到孤儿院的条件。所罗门把关于阿贝巴孤儿身份的手续都办完了，填了该填的表，签了该签的名，还让他所在行政区的司法委员会主席在所有材料上盖了章，后者还写了一封证实阿贝巴孤儿身份的正式信函，所罗门现在正在把这封信交给孤儿院。除此之外还有两封信，一封来自塞贝塔镇社会事务经理，另一封来自阿莱姆吉娜地区的一位官员，信上有他的印章，信的内容是应联邦妇女和儿童事务部要求，证明该女孩的孤儿身份。

阿贝巴的身高、体重和头围都有记录。她的营养状况良好，发育正常。阿贝巴是乙型肝炎病毒的无症状感染者，但HIV是阴性。她没有受过割礼。她吃东西很正常，没有焦虑的迹象。她是个明事理的孩子。她对社工没有抵触情绪。她愿意并且有能力表达自己的感受。她说她不想住在孤儿院，但也接受这样的安排。

她说她对未来有着各种各样的梦想。她曾经想当一名医生，可是后来又不想了。她想成为记者或者外交官。她断断续续地上过三年学，一有机会就喜欢读书。她的数学成绩不错，但是并不喜欢数学。以后要是有机会回家，她希望能再见见老朋友，这是她最希望看到的：重回她在塞贝塔的生活。她的伯伯很善良，但是身体很不好，两个堂兄在她看来有点得过且过，没什么上进心，养鸡不认真，做事情也不努力，当然也没做什么事。阿贝巴对他们的态度并不认可，因为她相信努力的重要性。她相信人应该全力以赴。她告诉社工，她是东正教徒，各种神灵的斋日她都庆祝，尤其信奉加百列和圣乔治，她一直向他们代祷，请求他们的庇佑，但即便如此，她仍然相信面对任何一件事，无论怎样都应该始终坚持积极主动，不怕困难。

我面前的文件夹里还有阿贝巴埃塞俄比亚护照照片页的复印件、亚的斯亚贝巴市政府在她被领养时签发的出生证明复印件（上面她的名字显示为阿比盖尔·德尔文·哈维），以及联邦第一法院法官做出的司法判决副本，上面写到他"确信养父母的照顾和保护比在上述孤儿院更加有利于该名儿童的成长"，并"确信妇女和儿童事务部已确定并确认养父母的个人、社会和经济地位能够很好地抚养孩子"，还补充说"最近的亲属已被传唤至法院，并同意领养事宜"，他现在正依此发布命令，批准请愿人之间的合同。文件夹里还有一封妇女和儿童事务部部长签发的信函，通知该机构"根据最近的网络信息，我们得知儿童阿比盖尔·德尔文·哈维（养父母取的名字）已经死亡，我们在此敦促您提供有关信息，包括事发时的情况以及医学诊断、警方调查报告等其他含有实际证据的关键信息"。三天后同一位部长又发来一封信函，称该机构"急需提交一份包含医疗和警方证据的死亡报告"。又过了三天，儿童权利与安全办公室主任来了一封信，提醒收养机构"最近需要提供关于儿童阿贝巴·特梅思根死亡事件的详细报告"，信中还说"根据规定，我们办公室的一名相关工作人员将同贵机构一起，亲自调查孩子的死因"。然后斯卡吉特县刑事案件首席副检察官给西雅图的收养机构总部写了一封信，其中部分内容是："关于阿比盖尔·哈维死亡事件的相关情况，请知悉并请转达埃塞俄比亚有关当局，调查目前正在进行中，与本国任何其他执法机构和检察官办公室一样，在完成调查之前，我们不会透露或以任何方式讨论与本次调查相关的事实、情况、假设或任何信息。"

我打开另一个文件夹，里面有一封亚的斯亚贝巴儿童权利与安全办公室主任给孤儿院院长的信。信中通知她，他将派代表"对阿贝巴·特梅思根的死因进行调查，其在被领养以及后来死亡之前在您的孤儿院生活，此举的目的是确认孤儿院内有无与此案相关联的信息"。跟每个文件夹里的所有行政文件一样，这封信也被一家私人服务商翻译成了英文，附在阿姆哈拉语版本后面，不过英文版短了很多。

* * *

　　我能够推断出一些信息。孤儿院的一名社工艾尔莎贝特·特斯法耶接受过培训，她既能履行行政职能，又善于同收容机构里的儿童交流。她的工作不仅仅包括处理跨国领养所带来的大量文案，还需要确保每一份必要文件都存放至正确的资料库和文件柜，或是提交给相关的部委、办公室和政府部门，并且经常要去孤儿院的游乐区、宿舍和自助餐厅同孩子们交流，邀请他们去她的办公室接受咨询，或者同他们在私密的角落里坐一坐，聊聊天。

　　埃塞俄比亚政府儿童权利和安全办公室那位负责调查孤儿院有无与阿贝巴·特梅思根死亡相关信息的代表找到了艾尔莎贝特·特斯法耶，要求她提供一份包含所有相关信息的书面报告。于是特斯法耶在报告中写道，通过她"与死亡儿童做过的相关咨询和社会工作"所知，阿贝巴·特梅思根1998年出生在贝尔省，母亲在她18个月的时候去世，于是由父亲特梅思根·阿迪苏照顾。特梅思根·阿迪苏人生的大部分时间都生活在亚的斯亚贝巴，但是在他的三个儿子被杀之后，他逃到了贝尔，当时如果他不离开，他自己也会被杀掉。他去贝尔是因为他以为自己有个同父异母的兄弟在那儿，但是后来发现那个兄弟已经死了。特梅思根在一家工厂里工作了不少年，制造砖块，运输、安装和拆除脚手架，最后买下了一个有七间客房的旅馆。在阿贝巴的记忆中，那个旅馆脏兮兮的,位于一个十字路口,不发洪水的时候,那里烈日炎炎,干旱得很。她的父亲在这间破败的旅馆里修了一个泥地露台,顶上用长长的波纹马口铁遮挡,在那里为客人提供茶、咖啡、面包、瓶装软饮、瓶装啤酒、爆米花和坚果,还放了一台电视机,电视机永远开着。

　　阿贝巴的父亲雇了一个驼背而且脊柱侧弯的女人——是从乡下丈夫身边逃出来的——她在旅馆里既当厨师又当女佣,每天晚上就跟阿贝巴睡在一起。那个女人走了之后,又来了一个新的,然后又换了一个又一个,阿贝巴跟她们一起在厨房里消磨时光,给她们打下手,直到可怕的事件开始发生,阿贝巴在孤儿院时,那些事依然清晰地留在她的脑海里。她告诉艾尔莎贝特·特斯法耶,最后一名女佣跑掉之后不久,也是在炎热的旱季即将来临之前,她开始听见远处传来零星的枪声,有时是断断续续一阵一阵的,有时会间隔几个小时——从山的那边隐约传来枪声或爆炸声,或是一阵越来越响的连续炮火。几个星期之后,枪声近了,带着孩子逃难的人开始零零星星地步行经过,有些人面无表情,有些人低着头,背着很多东西,以至于阿贝巴都看不见他们的脸,还有人骑着山羊,有人或靠或瘫坐在卡车后面,有人坐着驴车,甚至还有一个男人牵着一头骆驼,骆驼的嘴唇上被套了一个圆环,绳子的一头系在环上,另一头则被他抓在手心,逼着骆驼往前走。父亲允许所有在旅馆门外停留的人进来,让他们坐在露台的阴凉处歇息,水免费喝,还可以买英吉拉饼和炖豆泥吃,但是如果想过夜,房钱是一定要付的(反正房间也是满的),所有人天黑之前必须重新上路,正如阿贝巴的父亲反复对露台上的人说的那样,因为他们要是不走,他的生意就没法做了。没有别的法子,只能请大家理解。夜幕降临,他把最后一批绝望的逃难者赶了出去,还把旅馆的屋门和大门都锁上了。他还不放心,隔着窗户又观察了几个小时。阿贝巴跟艾尔莎贝特·特斯法耶说,可能就是因为锁了大门,所以激怒了西边两公里小镇上的人和东边一公里半的小村庄的村民,或者也可能是由于她并不理解的其他原因,反正不管怎么说,难民们对她父亲的意见越来越大,后来还威胁他,接着就公开起了冲突。在这过程中,山上的战斗还在继续,于是父亲夜里也没法睡觉了,因为有人朝旅馆扔石头,扔碎的水泥块,在黑暗里朝他大喊大叫,还用砖头砸旅馆的外墙。这些时候,阿贝巴躺在床上,也睡不着。

  日子一天天过去。露台上的电视机一直播着新闻,直到有一天电视没了信号,枪声也离他们越来越近,于是阿贝巴睡到了床底下,躲在父亲堆的一层层沙袋后面。不过,事实证明这样根本无济于事,因为后来来了一队吉普车和卡车,车里跳下来一群没穿制服的男人,他们或提或背着自动武器大摇大摆地走进来,还拿着大砍刀和镰刀,直接叫阿贝巴和她父亲滚蛋。阿贝巴的父亲对此一劫倒是提前做了准备,他把现金藏在隐秘的地方——有的藏在鞋里,有的缝在裤子里,有的缝在衬衫里,还有的藏在一个用麻绳捆起来的手提箱里。他们离开时,阿贝巴试图把养的山羊也赶走，但是几乎就在同一瞬间，山羊被一个男人霸占了，那个男人朝阿贝巴的后腰踢了一脚，她摔倒时撞上了残存的电线桩子上的一个尖角，前额被划了一道长长的口子，头立刻疼了起来，左眼也看不清楚了。

当时，阿贝巴8岁。她用一只手捂着额头，飞快地往前跑，她的父亲则把手提箱扛在肩膀上。他们去了最近的镇子，想搭巴士离开，至于去哪儿已经无所谓了。父亲说，现在最重要的就是赶在形势恶化之前赶紧离开这里。于是乎，巴士的位子突然之间变得紧俏起来，站着也好，坐着也好，谁出钱最多，谁才有资格，这就意味着阿贝巴的父亲不得不放弃了很多钱。三小时后，他们到了一个大一点的城镇，同样的事情再次发生——要付高价才能坐上巴士——但是由于他们现在离之前的动乱远了一些，阿贝巴的父亲选择了保留现金，重新步行赶路。于是他们先是穿过一个阿贝巴从没到过的小镇，那里的学校还开着，政府办公室和警察局也都开着。父亲还买了饼干，他们在靠近河堤的小巷里吃完，然后又往北走，穿过蜿蜒的街道，来到了一片垃圾堆，四处都是干枯的杂草和散落的垃圾。阿贝巴在这里看见一只山羊的尸体，尸骨上还残留着一点点灰白的肉。有肉的地方，到处都是绿头苍蝇。

途中，阿贝巴头上的伤口一直在渗出脓水。她一有机会就清洗伤口。他们在烈日下赶路，抽空休息。他们快要走到一个小村庄时，四个男人将他们围住了，要他们付买路钱，阿贝巴的父亲说自己没有钱，他们就嘲讽他，把他摔在地上，扒掉他的鞋子，父亲藏在鞋子里的那部分现金被发现了，那群人把钱拿走，不过其中一个人可怜他们，扔了一把零钱在地上——也许，够他们之后买点罐头或是包装食品吧。

那几个男人走后，阿贝巴的父亲从尘土里爬了起来，头发和一侧的脸上都沾着尘土，脸上还有在鹅卵石上轧过的印子。他用右手托着左腕，说感觉自己被打倒在地的时候摔断了胳膊，事实的确如此，他的手腕仿佛只被松松的绳子拴在了手臂上，那只手再也没法跟身体的其他部位协作，成了一个脱了节的累赘。阿贝巴的父亲在路边找了两截硬塑料，把断了的骨头夹住，那两截塑料可能曾经是椅子的零件，他又把捆手提箱的麻绳切下来一段，在阿贝巴的帮助下，把左手从手掌到肘部上下左右绑好，父亲手脚并用，连牙齿都用上了。经过这番处置，如果没有阿贝巴帮忙，他还是没法将手提箱托到肩上，或是重新放回地面。毕竟他是50岁的人了，脖子上已经有了深深的皱纹，两只耳朵从皮包骨的脑袋上支出来，由于全身性关节炎和年轻时的佝偻病，他的关节都有点肿大。他身高大约1.75米，体重却只有50公斤，瘦得像根麻秆。父亲扛着手提箱，但由于断了一只胳膊，加上天气又潮又热，于是不得不经常到阴凉处休息，整个人瘫倒在地上，除了喘气，连说话和动弹的力气也没有，只有胸口一起一伏。阿贝巴则一会儿摘点野草，一会儿看看蚂蚁，一会儿挠挠被蚊子咬过的地方，一会儿揉揉额头上的伤口，还有一次，她把捆着手提箱的麻绳解开，打开已经锈蚀的铰链。箱子里的衣物中间躺着一个信封，信封用塑料水瓶的切割片压平固定了，好保护里面的七张照片。她仔细看了那些照片，是父亲住在首都时家人的照片。照片里的人已经都死了，他不止一次告诉过她。他的妻子阿姆萨拉死于肾病。他最小的孩子穆卢贝特死于发烧。贝耶内曾经在德雷达瓦开往吉布提的火车上工作，后来因为火车出轨而遇难。贝鲁克、费克鲁和伊扎克在街上被枪杀。阿贝巴把照片收好，扶父亲站起来。那天晚上，他们躺在路边一处洼地里休息时，三个一伙的劫匪过来跟他们搭讪，抢走了手提箱，箱子里除了那七张照片，还有另外一部分钱。

接下来的三天，他们几乎没吃东西，阿贝巴的父亲除了一点一点地挪动脚步，几乎一点力气也没有了，经过三天的艰难行走，他们到了一座城市附近。在跟艾尔莎贝特·特斯法耶讲述自己的经历时，阿贝巴还记得这座城市的名字，叫沙舍默内，她至今还记忆犹新，是因为觉得这个名字很美。在沙舍默内城外，他们在蓄水池旁的一棵树下休息，在他们前方的路上，左右两个方向都有毛驴被男孩用树枝拍着屁股，驮着水往回走，阿贝巴朝其中一个男孩呼救，想讨点水喝，他停下来跟他们坐了一会儿，他的驴子也跟着在树下乘凉，男孩从裤子里掏出一团阿拉伯茶，塞到嘴里含了一会儿然后吐掉，问他们饿不饿，接着便拿出一袋煮过的意大利面和几块快要变质的山羊肉，分给他们一半，自己吃掉另一半，然后重新上路。阿贝巴对艾尔莎贝特·特斯法耶说，这就证明了，不是所有人都是坏人。

她和父亲在沙舍默内的旅馆里住了一夜，房间里有蚊子，电力供应也不稳定，断断续续的，即使亮了灯，屋里的蟑螂也不会逃走。早上，他们花了手头将近一半的钱，买了向北开往兹怀的巴士车票。他们在兹怀下了车，并且非常幸运地几乎立刻又搭上了一辆货车，坐在堆得高高的货物下方，跟其他搭车的人一样，紧紧抱住那堆麻袋。麻袋里装的是某种粉末，压得非常紧实，即使人坐上去，麻袋也不会变形。货车在阳光下驶过坑坑洼洼的路面，麻袋里的粉末就散发出一种腐蚀性的气味，时间一点点过去，阿贝巴说那种气味让她胃里直泛恶心。货车往南朝布塔吉拉开时，她和父亲便爬下车，往北走。

他们一分钱也没有了。她的父亲开始搞不清位置，也辨不清方向了，他头晕得厉害，淋巴结也肿得老大。不过，走了三天之后，他们终于来到一片休耕的干犁沟，一个男人胳膊下面夹着一只鸡，告诉他们说，这条路的确是通往塞贝塔附近的。他哄他们去了一个警察局，阿贝巴的父亲在那里询问了弟弟所罗门·阿迪苏的住址。几个小时之后，所罗门牵了一辆驴车来接他们，还带了一个水壶，一个装满香蕉、杧果、鸡蛋和饼干的袋子，还有一盒烤玉米。

* * *

半年后,阿贝巴的父亲去世了。去世前的一段时间,他浑身乏力,还干呕。阿贝巴发现父亲经常感到疲惫,喘不上气,不得不坐下来休息,还经常犯恶心,后来,等到雨季来临,他就一直喊头疼。有一天早晨,父亲醒来突然就看不清东西了,接着左手也失去了知觉——就是之前被强盗打断手腕的那只——大白天也只想在床上躺着。第二天晚上,他的身体蜷向左侧,面朝着墙壁,就这样死去了。

阿贝巴告诉艾尔莎贝特·特斯法耶,接下来的两年,她的生活还挺稳定的。她住在叔叔家,她会在院子里追小鸡玩,把小母鸡抱在怀里或是裹在衬衫里,只露出头来,她还会在水龙头旁边帮着表姐们洗衣服,或是在园子里拔杂草,她还会在木工棚、粮仓或是厨房周围晃悠,厨房在屋子外面,用茅草搭了个顶。有时,她会跟邻居家一个叫坦萨亚的男孩一起玩。他们跪在水龙头旁边,把黏土搓成球,然后抛到篱笆外面。他们会去邻居家串门,在小溪上筑坝,踢烂泥,扬撒尘土,在灌木丛里捣乱,有时还踢一个已经没什么气的足球。只有一条原则是他们必须遵守的——不要过河。但是在水位足够低的时候,他们还是过了河,去对岸的山上游荡,那里零零星星地散布着几片树林,有刺柏、橄榄和罗汉松,还长着红色的老鼠筋和野无花果。有时,他们会跟随羚羊穿过密密的金合欢树丛,只为听听它们的鼻息声,或是看它们吃草。

　　要想上学，阿贝巴必须得有一套校服、一个书包、一些练习本、一盒铅笔，还有租课本的钱，这些都是她叔叔提供的，她上的是客西马尼小学，在通往季马的那条路北侧，归一个修会所有，由修会里的修女们负责日常管理。每天早上，阿贝巴都和邻居坦萨亚一起步行去客西马尼。他们站在一排低矮的教室外面的泥地上，每个班级在地上的标记后面排成一排，一个大喇叭播放国歌，埃塞俄比亚国旗和奥罗米亚地区的旗帜一同升起。接下来，一位老师大声朗读新闻。然后他们进教室，开始上课。每天有七节课，每节课45分钟——英语、阿姆哈拉语、科学、数学、体育、美术和音乐——授课的都是穿着修女装束的修女老师，多数时候，她们是很严厉的，修女就是那样。她们每天早上穿着凉鞋、袜子、束腰外衣和肩衣，头上还戴着风帽，住在学校上坡的修道院里，孩子们从没去过那儿。

　　阿贝巴有时会有家庭作业，有时候没有，但最重要的是，她告诉艾尔莎贝特·特斯法耶，在学校里，她的阅读能力得到了提高，所以对阅读产生了兴趣，回到家后，手头有什么，她就读什么——报纸、《圣经》，还有从邻居那儿借来的书。相比于在外面玩，她更喜欢读书，并且开始把自己读完之后的感想记录下来，也记录自己的日常生活。她没有装订好的日记本，就在练习本的纸上写写画画，然后撕下来，保存在一个盒子里。

　　有一件事让阿贝巴印象深刻。一天晚上，就在马路上，在所罗门叔叔家和长着金合欢树的小山脚下之间的地方，一群鬣狗闯了过来，在一片吵闹声中咬死了一头小牛，小牛的肉、血、内脏和骨头都被吃掉了。所罗门叔叔前去一看，回来通报说这些野兽正忙着吃，一时顾不上攻击别人，于是全家都壮着胆子出去了。现场已经来了很多人。他们像在竞技场里那样围成一圈，血腥的场面就在他们眼前上演，每个人都被吸引住了，目不转睛地看着。围观的人群足足有四五层，阿贝巴这样的小孩子根本看不清里面正在发生什么。于是所罗门叔叔把她扛到肩上。人们在原地又叫又跳，还挥舞着火把和砍刀。小牛已经侧倒在地，后腿歪在那里，鬣狗露着带血的尖牙，正朝它咆哮。过了一会儿，阿贝巴便扯扯叔叔的头发，说她想要下来。叔叔便抱了她一会儿，她对叔叔说，她觉得，鬣狗吃小牛的时候，大家不应该这么看热闹，应该把视线移开。说到这里，艾尔莎贝特·特斯法耶打断了阿贝巴，问她为什么会这么想。阿贝巴说，她之所以这么认为，是因为鬣狗吃小牛的场景体现出一种恶。大家为什么想看这个？为什么如此兴奋呢？在她的内心深处，这样的画面只会带来悲伤。她感到难过，她觉得这样是不对的。她匆匆跑回了家，不管后面的其他人，她一边跑，泪水一边流了下来，模糊了她的双眼。她对艾尔莎贝特·特斯法耶说，你会觉得，人不应该这么坏。

* * *

艾尔莎贝特·特斯法耶在记录中写道,阿贝巴有"强烈的母性本能"。在操场上,她被蹒跚学步的孩子所吸引。她牵着他们的手,帮他们擦鼻子,在他们哭的时候安慰他们,帮他们荡秋千,在滑梯底部保护他们,他们在游乐设施上面玩,她会在下面做好准备随时接住,防止他们摔下来。她会帮他们提裤子,把衬衫塞进裤子里。她指着图片,读书给他们听。她让他们靠在自己的肩膀上,把他们搂在怀里轻轻地摇,还给女孩编辫子,帮他们掸去腿上和胳膊上的灰尘。她让他们追着她玩,然后故意被他们捉住。她唱歌给他们听,还跟他们玩了一个叫作"瓶盖盖"的游戏。阿贝巴向艾尔莎贝特·特斯法耶解释了一下:你把瓶盖摞起来,如果倒了,就得靠墙站着,让孩子们朝你扔足球。

艾尔莎贝特·特斯法耶写道,阿贝巴是冷静的,这里的冷静指的是成熟和理性,她不会在其他孩子面前发脾气,她遵守纪律,而且被大家认为是有天赋的读书人,她会为了读一本书而拒绝玩游戏的邀请,会为了读书而退出游戏,她在床上读书,在自助餐厅里读书,在操场上也读书。她从不跟别人争吵或是发生冲突。她觉得吵来吵去不但解决不了问题,反而会让问题更加严重。数学是她最薄弱的科目,因为她的心思不在数学上。不过,她的公民学和英语都非常出色。她足球踢得不错,跳绳也还行。她对来孤儿院的那些外国人很是好奇,他们都是志愿来这里从事专业工作，或是义务来做慈善的。大部分时间，她看着他们来来去去，有时也会试着与他们交流，如果发现来访者说的是英语，便会用自己学到的英语跟他们说话；如果对方说的不是英语，那就只好观察他们的举止、声音、肢体动作和服饰，观察他们爬楼梯时的步伐和方式，他们背的包、钱包、双肩包，拿的手机，头发上戴的夹子或发带，他们用的小管的洗手液、防晒霜和驱虫剂，戴的太阳镜，打的遮阳伞，他们的手链、手镯、项链、文身、妆容，脚上的鞋子，笔记本电脑，脸上的表情、手势，有时候还留意他们的笑声。她跟着他们四处游逛，远远地听导游跟他们说的话——说孩子们通常11点钟睡觉，夜里有一个保姆，床单和衣服每周洗一次，定期洗澡，早餐吃得很健康，每个人不但有两条床单、一条毛巾、一个枕头和一个床罩，还有一个捐赠的毛绒玩具。导游会把孩子们介绍给来访的人，告诉他们孩子们的姓名、年龄、之前住在哪里，比如"这是梅隆，9岁，贡德尔人""这是玛尔塔，11岁，哈勒尔人"。时间合适的时候，那些外国人就去自助餐厅里喝点饮料，导游就在那里长篇大论地解释，说孤儿院曾经为了省钱，买了奶牛回来宰杀，然后把肉冻起来留着吃，结果发现这样做是错误的，因为经常停电，而且发电机用的燃气有时会供应不足，所以肉还没来得及吃就解冻变质了，这就意味着他们需要更大的备用油箱和更加高效的发电机，因为现在这台发电机经常出故障，而且已经用了很多年。在餐厅休息完毕，来访者便被领到楼上的一间屋子，屋里的椅子被摆成半圆形，婴儿床沿着墙壁排开，每个来访者会被分配一个婴儿和一个奶瓶，婴儿就躺在墙边的婴儿床里，还有蹒跚学步的小宝宝坐在塑料坐便椅上，导游会重点介绍几种典型情况——例如，她说，在这个房间里，曾经有一个特别瘦小的小孩，小到可以躺在她的手心，原本大家都觉得他活不下来，但是后来来了一位荷兰的女士，她想在我们的孤儿院做志愿者，并且下决心让这个男孩活下来，她相信自己有办法，她把他抱在怀里，一直搂在胸前，于是后来那个男孩活下来了，现在已经1岁多了。导游介绍说，其实那个男孩此时此刻就坐在现场一位女士的腿上，就是坐在她右手第三把椅子上的女士。然后所有人都沿着过道走到特殊需求室，那里有一些坐在捐赠轮椅上的孩子。

艾尔莎贝特·特斯法耶还记录道，在孤儿院的志愿者中，有一位法国女士很擅长编织。阿贝巴经常和她坐在一起，看她打毛线。她们俩没法用语言交流，但是法国女人善于演示，最后她把针放到阿贝巴手里，自己站到她身后，指导她操作那些针，让她亲自上手尝试。阿贝巴很喜欢，但这也很不好，艾尔莎贝特·特斯法耶写道——当然她这么说是有道理的——因为阿贝巴自己没有针线，尽管那个法国女人把针和线都送给她作为礼物，但在孤儿院里，这样的事就比较麻烦，因为孩子们必须是平等的，谁都无权比别人得到的更多。

* * *

　　美国是什么样的呢？她的领养程序刚一启动，阿贝巴就非常认真地思考这个问题。艾尔莎贝特·特斯法耶不得不说自己也不知道，但是因为美国比埃塞俄比亚大很多，所以那里的文化和地区应该是多种多样的，肯定有很多种不同的情况，就跟这里一样——有人富足，有人贫困，有人拥护政府，有人讨厌政府，还有人说不上是拥护还是讨厌，这些方面都跟埃塞俄比亚是一样的。当然，从另一个角度，美国肯定跟埃塞俄比亚不一样。对于这些差异，艾尔莎贝特也帮不了她——因为她所知道的也只是从新闻和报纸里看到的——至于阿贝巴和其他孩子一起在餐厅里看到的视频，她认为不应该认定那就是美国人过的生活。艾尔莎贝特断定那些视频是假的，而且从中学不到什么东西，那些节目肯定跟其他节目一样——都是幻想和娱乐——并没有表现真实的美国。艾尔莎贝特可以说自己在孤儿院履职的过程中遇到过美国人，觉得他们与澳大利亚人、加拿大人或是英国人没什么不同，跟德国人或荷兰人也没什么两样，事实上，她觉得美国人跟任何来访过的西方人都差不多，没有穿得更好，没有嗓门儿更大或是更小，没有更礼貌也没有更粗鲁，没有更无知也没有更聪明，没有在哪方面与众不同——除了一件事。她注意到，美国人当中基督徒的比例更高，不是像埃塞俄比亚的那种基督徒，但是总归也是基督徒，他们说话的时候会提到上帝和耶稣。这就清晰地表明了这一点，艾尔莎贝特从其他地方的访客那里没怎么听到过这样的字眼。总而言之，阿贝巴要去的可能是一个非常虔诚的国家。除此之外，艾尔莎贝特不想再推测什么。不过，尽管如此，阿贝巴还是可以想象一下的。她可以梦想自己去到很好的国家，过上美好的生活，只要别幻想过了头，免得希望越大，失望越大。这是有可能的。有可能你带着梦想和期待离开，结果事与愿违。最好是带着开放的心态去迎接未来，看看自己能做些什么。艾尔莎贝特是这么告诉阿贝巴的。这是很中肯的建议，是基本乐观的。但是在我心里，当我在八千英里外的阁楼里一遍又一遍地阅读这些文字——在一个12月的夜晚，窗外的电线杆上亮着节日的彩灯，院里的灯也亮着——我只感到讽刺，感到悲哀。

* * *

阿贝巴很难跟孤儿院里认识的人道别。有一个叫卡塞奇的女孩，阿贝巴认为她是自己最好的朋友，卡塞奇没有家人，因此星期天其他孩子的家人来探望时，没有人来探望她；还有一个女孩叫卡尔基丹，她睡在阿贝巴旁边的床上；还有一个叫埃梅贝特的女孩，也喜欢读书；还有一个叫萨姆瓦里特的女孩，她也从塞贝塔来，也上过客西马尼小学。她们都住在同一间寝室。她们都经历过其他孩子的离开，参加过他们的告别派对，望着面包车载着他们离开。孤儿院里还有一个阿贝巴很喜欢的保姆、一个借书给她看的老师，以及一个在院子里晾衣服的女人，她也喜欢读书，还向阿贝巴推荐了哈迪斯·阿勒马耶胡的一本小说《爱到坟墓》(*Fikr Eske Mekabr*)，说这本书非常有名，每个人都应该读读，还说这本书太美了，美得让她流泪。书里讲的是一对恋爱中的年轻人，男主人公是老师和诗人，女主人公才华和美貌并存，两人不顾父母的反对和舆论的谴责走到了一起。洗衣女工把《爱到坟墓》送给了阿贝巴，给她的时候还提醒她说，这本书是写给大人看的，而且是个悲伤的故事。因为收到了预警，所以阿贝巴并没有翻开这本书，而是拿到艾尔莎贝特·特斯法耶那里，征求她的意见——她应该读这本书吗？艾尔莎贝特回答说，当然是要读的，因为即便它超出了你的理解范围，那又怎样，你仍然会从中吸取一些东西。还有，即使故事是悲伤的，那又怎样，你已经知道悲伤是什么滋味了，那本书里不可能有什么比你已经知道的更悲伤了。

* * *

最后一件事是跟所罗门叔叔告别。在阿贝巴要动身去机场的那天，所罗门叔叔来到艾尔莎贝特·特斯法耶的办公室，摘下帽子，在阿贝巴旁边坐下。艾尔莎贝特望着面前的两个人，一眼就能看出他们是一家人：两人的眼睛都大得出奇，细细的手指，窄窄的肩膀，都表现得平静而又矜持，说话都是轻声细语，表达都很清晰。所罗门给阿贝巴拿来了一条项链、一对耳环和一个信封，信封里都是照片，她父亲的、他自己的、他的儿子和女儿们的、曾经跟阿贝巴一起玩的邻居家那个叫坦萨亚的男孩的，还有她和所罗门一家住的房子外景，最后是阿贝巴本人的一张照片，穿着塑料夹脚凉拖蹲在他们院子里的水龙头旁边。所罗门说，要是我有更好的照片，我就拿给你了，可是我只有这些。然后他把每张照片都翻过来，给阿贝巴看他记在上面的日期，还有照片里的人的名字和年龄，接着便把所有的照片都塞回信封，递到她手里。

  所罗门叔叔握着阿贝巴的手。他说她从小的事，他都知道，原先不知道的也从她父亲那里听过了，他记得他们在贝尔停留后，他在警察局里第一次见到她的场景，他说他当时看到阿贝巴遭了这么多的罪，身体还很好，没有垮下，感觉是个好兆头。他记得她在去他家的路上抠额头上的一大片痂，在驴车里吃香蕉，还有她一开始喝了很多水，睡了很长时间，把他们放在她面前的所有食物都吃光了，但是仅仅过了两天，她似乎就恢复了，可以去外面玩了，在园子里东瞧西瞧，伸着鼻子闻来闻去。所罗门叔叔说，总之，我们都立刻喜欢上了你。怎么能不喜欢呢？在我的心目中，你跟我的其他女儿一样，都是我的女儿。我对你的感觉和对她们的感觉一样，没有一点不同，完全是一样的。我看着你穿上校服去上学，看着你喂鸡，捡鸡蛋，给花园浇水。我老是生病，你对我特别好。但我最想说的是，要是我的境况更好些，我是绝对不会把你送到孤儿院来的。我会把你留在家里，因为我像爱自己的女儿一样爱你，而且，出于私心，我也觉得你是我们家的好帮手。从长远来看，把你留在家里对我来说可能更好。我想来想去，还去祈祷，因为，真的，没有什么正确答案，只有眼前的各种困难，让我感觉你以后也会不得不像堂姐们那样去科威特打工，过那样的生活，被那样对待，被吐唾沫，被殴打。当我想到这些，然后又发现你可以有不一样的选择，得到她们没机会得到的东西，于是我便开始接受了。我不能自私，如果我爱你，我就必须让你过上更好的生活，这就是我把你送到这里来的原因。阿贝巴，不是因为我不爱你。我不想让你带着我不爱你，或是我抛弃了你这样的想法离开这儿，我不想让你觉得我心里没有你，想丢掉你这个负担，把你送过来就是因为这样对我来说可以简单方便地减轻压力，让我自己活得更轻松点。其实，把你送到这儿，我感觉是我背叛了你。我已经批评过自己了。我想知道自己做的究竟对不对。对你来说，是拥有现在所拥有的、去另一个国家的机会更好，还是与永远爱你的人在一起更好？

所罗门叔叔的眼眶湿了。他说，我代表你做出了选择。阿贝巴，我爱你。愿你蒙福。

接下来他就不说话了，满脸都是泪水。轮到阿贝巴开口了。她说，所罗门叔叔，我要走了，但只是离开一段时间而已。你是不是以为，我会跟美国人住在一起，但我永远不会忘记你？嗯，不对。有一天，我会回埃塞俄比亚的。我们还会见面的。等着吧，阿贝巴说。我会回来的，我来照顾你。

审讯

一个平平无奇的夏日，对哈维家案子的审讯开始了。斯卡吉特三角洲上的田野在热浪下泛着金光。审讯室里的空调每天都开着，嗡嗡作响。百叶窗总是关着。日光灯一直亮着，把木头桌椅的表面照得反光。每天早上，速记员抱着她的速记机进来，身后跟着一位书记员，推着一车文件。旁听席渐渐坐满了人，律师们也来了，警员板着脸把被告押进来。法警冷冷地叫大家全体起立，最后，法官从内庭出来了。她端坐在法官席的中央，在天花板下方墙壁上饰有的"伸张正义"四个大字的见证下，敲响了她的法槌。

审讯期间，每天早晨我都是5点钟起床，接上父亲，然后驱车75分钟把他送到弗农山的斯卡吉特县法院门口。架在木制车轮中间、没有任何牌匾也没有任何标志牌解释其来历的那门火炮就在这里。我过了法院的安检门，和另外一些人一起坐在法庭的旁听席上。这些人里有很多都算得上是这儿的常客了。他们到这儿来，是因为谋杀案的审判现场可谓壮观。关于人性的那些赤裸裸的真事，无论多么丑恶，都真真切切地摆在那里，摆在台面上。就像电视之外的真人秀。不过，还有一些人出现在旁听席上，是出于别的原因。比如说，有一群和阿贝巴·特梅思根一样来自埃塞俄比亚的女性，她们都穿着白色的纱衣，并肩坐着。她们的到来清楚地表明这一系列状况是多么地不对，多么地站不住脚，如果这件事不能得到公正的处理，那么就意味着，并且只能意味着，在美国，黑白是颠倒的，以至于是非已经失去了现实意义。这群妇女身上披着薄得透光的披肩，与她们分庭抗礼的是一群福音派白人基督徒，他们看上去同样有着坚定的信念——那就是，德尔文和贝琪·哈维受苦了，他们是自由进步主义的受害者，也是殉道者。

一边是国家这个看不见的庞然大物，抽象但又有着令人生畏的力量；另一边是两个活生生的人，被指控犯下了可怕的、让人无法接受的罪行。这场审讯仿佛一出戏，旁听席上的我们，不论有着何种观点，都作为见证者参与其中。被告、被告的律师和代表州政府的公诉人——他们所有人都是背对我们的。我们只看得见他们的背影，他们根本看不见我们。有时，我会想，应该把位子重新排一下，让大家都能看见彼此——我们应该看着被告的脸、被告律师的脸，还有公诉人的脸，而反过来，他们也应该看着我们。但这是不可能的。我们旁听，但是看不见他们的脸。不过，我想，他们仍然能感受到我们的存在，我们就在他们的身后，近在咫尺，就像希腊合唱团，或者是社区法庭。

但是对于法官和陪审员来说,情况就不一样了。由于座位很高,离得又远,法官别无选择,只能俯视我们,而我们亦别无选择,只能仰视她,并在心里好奇她是谁、她在想什么、她有什么样的感受,好奇她会有着什么样的信念、什么样的疑虑、什么样的法律观念、什么样的道德观,还有,不可避免地,她的道德观又会存在什么样的模棱两可之处——不可避免,是因为,在那一身长袍之下,她和我们一样,也是人。她的名字叫玛丽·安·拉斯穆森。她坐在法官席上,只有肩膀以上的部位能让人看见。她的身躯看起来好小,我知道这是被她肩上披着的黑色法官袍反衬的。拉斯穆森法官经常在大家说话的时候研究手头的文件。当她真的抬起头时,都是为了简短地说上两句。只有在这些时候,人们才看得见她的脸。那是一张很坦然的脸,显得聪慧而有教养。但是,正如我所说,大部分时间,她都低着头,精神集中、不受干扰地沉思着。据我观察,越是具有挑战性的法律问题,她就越感兴趣。一个真正有问题的细节会让她沉默良久,那沉默令人紧张,可以想见在这沉默中她正飞快地研究每句话的细微之处。拉斯穆森法官有一个习惯,那就是隔着老花镜的边沿看人。她还有一个习惯,就是在呵斥律师时会用笔敲击法官席。大多数时候,她表现得极为耐心。另外,她也有自己的底线。大多数法官都清楚地知道,律师们会浪费时间去提一些毫无意义的请求和无关紧要的反对意见,但即便是最有耐心的法官也会有受不了的时候,如果哪一位律师在法庭上触碰到了拉斯穆森法官的底线,她就会突然摘下老花镜,连珠炮似的把他训斥一顿。

　　说回我们这些旁听席上的观众。玛丽·安·拉斯穆森不得不留意我们的存在。原则上讲,我们并没有什么可说的;实际上,我们只能出席,不能说话。有那么一阵,当眼前的证据变得如此骇人,我们能听见那群从埃塞俄比亚来的妇女在哭。这时,拉斯穆森法官会手握法槌,给予必要的训斥:"你们不是诉讼的参与者。你们是旁观者。如果你们不能保持安静,那么就请离开。"但她真的这么想吗?旁听席里的哭泣对她来说一点意义也没有吗?她在制止那些人哭时,难道没有丝毫的自责吗?她是在安抚两位辩护律师,试图让他们保持平静吗?她的动机是不是为了确保在审判记录中,自己表现得足够缜密足够严厉,让原告没有理由再提起上诉?她是在履行自己不得不履行的职责,来避免造成无效审判吗?她是不是为了展示自己的公正,在呵斥的时候故意表现出严厉的样子?她是不是希望通过态度的严厉让某些人产生悔意,特别是致使她如此直截了当地给予警告的德尔文·哈维的律师?她的禁令和严厉是不是为了强调没人能够指责她有政治倾向,没人能有站得住脚的理由说,"拉斯穆森法官,你是一个政治正确的盲从者,你瞧不起原教旨主义者,偏袒从埃塞俄比亚来的人"?"不,"拉斯穆森法官对哭泣者的警告也许是想表示,"这里有相反的证据。公平就是公平,永远都是公平的。没有人可以在我的法庭上哭,就是这么简单。不管是谁,从哪里来。这里是美国,我们依照这些理想生活,如果你不明白我在做什么,那你就得好好学学。"是这样的吗?

陪审团坐在我们的右手边,所以我们主要看见的是他们的左脸。他们无比迅速地进入了自己的角色,成了无足轻重的人,让自己庄严地沉默着,看上去最起码也是故意无视我们的存在,并通过拒绝承认我们来跟我们保持距离——他们无比心甘情愿地履行法律赋予他们的使命,以至于他们退缩了,好像是来演戏的。尽管如此,我们还是在的,至少在他们眼角的余光里,见证着眼前的一切。

我没有错过审判的任何环节,连选择陪审团成员的过程都参与了。我听了每一位证人的证词。我坐在那里,猜测陪审员们在想些什么。我试图读懂法官的心思,她高高地坐在那里,似乎已经把自己抽离出去。她像一个谜。陪审员们也是如此。不过,公诉人的意思是显而易见的,德尔文·哈维的律师也是如此。我父亲也是,但这是因为我了解他,不是因为现场的表现。战斗各方的态度都是公开的、鲜明的,而法官和陪审团的态度是不外露的,面无表情。在我看来,就好像有两块同极的磁铁,摇来晃去,神秘地拒绝结合到一起。一面是外露的、戏剧性的、强硬的,另一面则是被强制中立的沉默。审讯的那七天是黑暗的、程式化的,有一些东西拒绝展开,有一些东西仿佛在生活之外,还有一种无尽的、愚笨的悲伤。好像一片倾血的沙漠。好像一片被劫掠一空的真空地带,出离了时光。

* * *

从头开始讲，首先是有180位公民排队等候陪审团的选拔。他们坐在折叠椅上，挤满了审讯室A，审讯室的角落里有一面旗子、两个立式话筒、一块带滚轮的白板，还有一面便携式的投影幕。筛选开始了。第一天结束时，人已经少了一半。第二天结束时，还剩58人。第三天，大家聊到了上帝和宗教，这时有人宣称，如果被选中了，她将"被上帝以适当的方式使用"。接着又出现了不同的声音："作为一个无神论者，我对宗教持消极的态度。""我相信上帝希望我遵守规则。"

一名男子说，死亡儿童的照片会激起他的报复心理。另一个人说，他小时候被打过——脑袋被酒鬼父亲打得头破血流，还被锁在地下室里，而且没有东西吃。一位妇女义愤填膺地收起自己的东西，说她不认同打孩子的行为，还说自己"非常情绪化，没法假定他们是无辜的"。到第三天中午休会时，还剩下30人。"他们在学校里打过我，所以我已经习惯了。"其中一个人透露。另外一位承认他非常清楚地知道，如果自己不让孩子们吃晚饭，他们就会"在夜里打冰箱"。一位妇女坦言，经历了一次在沃尔玛跟女儿走散之后，她"感觉恨不得给女儿拴上绳子"。一个男人告诉法官，他认识的一个男孩被定时关在房间里，不然他就会把蜂蜜和番茄酱倒在地上。那个男孩现在已经被"调教好了"，成了海军的一名护理人员。

第三天结束时,15名陪审员的名单公布。法官说,其中将会有三个人不参与裁决,不过她还定不了是哪三个,大家先抽签决定。一位陪审员从军队和一家石油公司退休,另一位从事建筑行业,第三个人在迪堡公司工作,第四位是一个教育服务区的项目分析师,第五位是高中的数学教师,第六位是电工,第七位是网上书商,第八位是家庭主妇,以前是法律秘书,现在兼职卖艺术品。另外七个人分别是:一个禽肉公司的雇员,一个伐木工人,一个炼油厂的簿记员,一个柴油机械师,一个数据工程师,一个实验室技术员,一个货车集运商。八女七男。全部都是白人,法官、公诉人、两名辩护律师和两名被告也都是白人。

* * *

第四天。公诉人起身。他是民主党人,下巴长长的,名字叫林肯·斯蒂文斯。不用说,他的名字已经被人问过千百遍了,因为听起来很是显赫,而且很有历史感。要是有人认为自己之前听过这个名字,可能是在美国内战的背景下——在那个黯淡的年代,不是有一个名叫林肯·斯蒂文斯的人做过什么吗?答案当然是没有。那你也没法责怪他们。有一次,我父亲和林肯·斯蒂文斯交谈,我也在场,后者在谈话中一本正经地假设说,斯卡吉特县的大多数选民都在他名字旁边的方框里做了标记,因为他们觉得这个名字眼熟。他还说,他和一个叫罗斯福·华盛顿的人一起在马里兰州盖瑟斯堡读了高中，两人还一起打过橄榄球，斯蒂文斯担任四分卫，华盛顿担任外接手，他们俩经常"神同步"。斯蒂文斯去了理海大学，他在那里也打橄榄球，不过不是四分卫。他说："其实他们让我当替补弃踢手。"他从理海又去了福特汉姆大学的法学院。

或许，你可以说林肯·斯蒂文斯是懂时尚的。他穿量身定制的西服衬衫，有时也穿牛仔夹克。他身上有一种可能会让其他男人反感的吸引力。如果你和林肯·斯蒂文斯在一起，比如在一个聚会上，你会发现人们的目光会投向他，而不是你。他这种外表出众的特质在法庭上可能是一个不利因素，他显然知道这一点，并且试图通过礼貌待人来解决这个问题。所有这些可以用一个词来概括：魅力。

此刻，林肯·斯蒂文斯说："我是这个县的公诉人，是由人民选出来的，'人——民——'，如果我们有理由怀疑我们当中的某个人犯了罪，公诉人就代表我们大家。好吧，我跟你们说，在本案中，我们不但有理由怀疑，而且有理由判被告有罪，因为事实会证明给你们看。事实将表明，被告从埃塞俄比亚收养了一个女孩，然后残忍地打她，不仅用手，而且还用了各种各样残忍而又恶毒的工具，打她的头、脚、手臂、腿和躯干，并且不同于我们大多数人所认为的并不带有恶意的打或是正常限度的体罚——他们的行为会使你相信这一点——不，比那要严重得多得多。但是，你猜怎么着？打孩子仅仅是一个开始。仅仅是冰山一角而已,才刚刚开始。你会听到,被告还长时间把养女关禁闭,先是在一个小淋浴间里,她被强迫独自在浴缸里睡觉,后来是在一个简直比棺材还矮的壁橱里——如果你能相信的话——而且,灯的开关在外面,也就是说,她不得不长时间面对可怕的黑暗、幽闭、恐惧,还有窒息。她被禁止使用屋子里面的卫生间,只能用谷仓后面的一个户外厕所,在一个鸡笼旁边,就是那种你可能在建筑工地上见过的厕所,并不经常打扫。她所受到的虐待还不止于此。远远不止。你会听到这个可怜的女孩被禁止在室内洗澡,被告让她在室外花园的水管下面冲澡,你会听到他们不止一次把她的头发几乎剃光,作为一种惩罚,他们还把她的衣服收走,她只好把浴巾裹在腰上。她经常被禁止上桌吃饭,只能在室外吃冷饭——残羹剩饭,甚至是从冰箱里刚拿出来的像冰块一样的食物,他们把这些食物扔到她的盘子里——而且有时还不让她吃饭,直到她瘦了很多。被告也不给她过生日,圣诞节和其他节日也不给她任何礼物。这些惩罚,她所忍受的这些惩罚,简直就是赤裸裸的恶。一名被告让她站到A点,她站在A点左边三英寸的地方,啪,她被打了;她在家里上学,作业拼错了一个词,啪,她被打了;她没有及时回应他们的一些指令或命令,啪,她被打了;她把草坪剪得短了一寸,啪,她被打了。有几次,她被要求沿着被告院子里的一个水泥台子走长方形,连续走上好几个小时,还有的时候,她被要求把石块从A点移到B点,然后再移回到A点;有几次,她不仅被养父母打,还被家里比她大的男孩子打,那些男孩自己也是受害者,他们被父母授命,变成了走狗。你将听到两位被告是如何共同虚构了一个完全不亚于折磨的儿童养育计划,又是如何共同参与其中。你将听到,在阿比盖尔·哈维死去的那个悲惨的夜晚,就在被告家的后门外面,她的脸埋在泥里,身上没有衣服,而她的家人就隔着窗户看着她。"

接下来是德尔文·哈维的律师帕姆·伯里斯发言。伯里斯不久前刚刚通过律师资格考试,但举手投足间已经流露着自信。她发言时没有起身,也没有活跃的肢体语言。她的下巴是固定的,肩膀也端着。她的胳膊肘支在桌子上,双手交叉放在下巴的高度。她的声音从头至尾就没变过,始终保持着平稳和单调。她有耐心,不屈不挠,好像自己在主持一场国会听证会。与斯蒂文斯不同的是,她对时尚没有兴趣。"公诉人的话,大家已经听到了,"她说,"他说的很有说服力,听起来很不错。但是让我们看看这里的事实。让我们回到现实世界。我的当事人,德尔文·哈维,被指控犯了虐待致死罪。被捕之前,他是波音公司的一名技术工人。他在位于埃弗里特的波音工厂上小夜班,这就意味着,他每天上下班的路上要花很多时间。每周五天,他中午从家里出发,差不多半夜才回来。也就是说,从周一到周五,每天有12个小时,他是不在家里的,也不会参与孩子的抚养工作。但这并不是说他在有时间有机会参与的时候也不参与。德尔文喜欢给家人做早餐。他周末会带孩子们出去玩。他首先是个顾家的男人。德尔文还是个孩子的时候,他的父母曾经有一段时间在牙买加当传教士。他在那里是班上唯一的白人学生,他在那里学会了欣赏其他文化。因此,对于你们当中那些认为本案跟种族歧视有关、认为德尔文是因为养女的肤色而虐待她的人来说——这不是真实的德尔文·哈维,因为他的身体里没有这种基因。他从来没有,也永远不会那样做,因为德尔文是一个善良、正直的人。你们应该知道,德尔文曾经在空军服役。他为国家效力并光荣退役。他和贝琪是在教堂里认识的,然后结婚,定居下来。他们一开始住在肯特,后来搬到阿灵顿,然后又在锡德罗伍利附近建造了梦想中的房子。整个过程中,都是德尔文养家。他要供孩子们吃穿,所以他一有机会就加班。生活虽然辛苦但也很美好,他没有任何抱怨。他和贝琪相处得很好——直到他们收养了阿比盖尔。贝琪留在家里,负责家务和教育孩子。德尔文上班时,贝琪就照顾孩子。而且,事实证明,他们喜欢孩子。他们生了七个孩子,但还渴望生更多的孩子。接着发生了一些他们没有预料到的事。贝琪经历了一次艰难的怀孕,结果不是很好,在医生的建议下,她终止了妊娠。因此,当他们遇到另一个家庭,发现他们从埃塞俄比亚收养了一个孩子时,他们立刻打听了一下,并且被这个做法吸引了。在那以后,自然而然地,德尔文和贝琪就开始了他们自己的领养计划。他们高兴极了。他们是多么渴望同一个无比需要他们的女孩分享自己的爱。但是,后来的情况是,这个女孩有问题,而且受过不少伤害。德尔文看得出来,她跟贝琪不亲,反过来,贝琪跟她也不亲。贝琪一直非常讲究卫生,把家里保持得一尘不染，因此，她很难忍受阿比盖尔带来的虱子和真菌，更糟糕的是，还有乙肝病毒。起初，如果阿比盖尔违反家规，贝琪只是责骂她，但后来贝琪开始严厉地惩罚阿比盖尔，接着她的惩罚开始变得残忍。德尔文又能做什么呢？当他提出反对意见时，贝琪会很生气，而且也不听。贝琪提醒他说，他一整天都不在家，照顾家庭的事都落在她头上——每天不得不面对一地鸡毛的人，是她。她说，德尔文总是在工作，不知道家里的情况。你们知道吗？这是真的。她说得没错。德尔文不知道他的妻子在惩罚的程度和残忍度上骗了自己。他不知道她都做了什么。一直到他被抓起来，他才知道阿比盖尔曾经被锁在壁橱里很长时间。直到被抓起来，他才知道自己不在家的时候，阿比盖尔是如何被对待的。再想想这个。阿比盖尔死亡当天，德尔文跟平时一样中午出门去上班。那天早上，他在早餐桌上看到她，她跟其他人吃一样的东西，跟平时一样穿着暖和、干净的衣服。他去上班了，等他回到家，阿比盖尔已经没了呼吸。他吓坏了，不知道该怎么办，他试图让她醒过来——他做了力所能及的一切来挽救阿比盖尔的生命——他没能把她救回来，他陷入了深深的悲痛之中，直到今天，你依然能从他的脸上看到那种悲痛。大家想想。我旁边的这个男人被指控犯有杀人罪。但他正是我刚才向你们描述的那个人，阿比盖尔死亡时，他甚至都不在家，而且还竭尽全力想要救她。考虑到我当事人的行为和动作，我都不知道这个案子是怎么回事。我不知道为什么他会坐在这里，被指控，明明没有任何证据表明他有罪或者是共犯,而且恰恰相反,一切都指向他的清白。政府认为德尔文有罪,只是因为他和贝琪是夫妻,仅此而已,这就是他们全部的证据。"

现在轮到我父亲了。他像斯蒂文斯一样站着发言,但是因为年事已高,弓着身子,而且因为衣服不太合身,看着有些滑稽。"好吧,"他说,"我想我可以说,我的当事人贝琪是个很好的人,她从来没有伤害过任何人。我想我可以把你们刚才从另一位辩护律师那里听到的事情反过来说,把她的丈夫描述成罪魁祸首。我可以说,每天晚上下班一到家,德尔文·哈维就会对他的养女拳打脚踢,而我的当事人贝琪则试图阻止他。我可以说,贝琪和阿比盖尔一样,都是德尔文·哈维施虐和家暴的受害者。我可以说,在他做那些见不得人的事情时,她退缩了。我可以声称,在德尔文看来,男人永远是家里的主人,女人永远是第二位的。我可以声称,因为他自己所宣扬的大男子主义,德尔文是逃不掉的,也不可能假装自己没有责任。我可以跟你们讲'德尔文是罪魁祸首'这样一个故事,但即使我这样做,德尔文的律师仍然会站起来,就像你们刚才所听到的那样,摆出很多证据来,证明德尔文是好人,是一个正直的人,是他在外面工作、让妻子负责料理家务和照顾孩子时,妻子犯了错。当然,那边的公诉人会说,贝琪和德尔文同等有罪。所以呢,一个故事套着另一个故事,一个接着一个。在本案中,其实不只有两个故事,而是应该有三个故事,因为两名被告是一起接受审讯的。两名被告是共同被告。法官把对他们俩的审讯合并在了一起,就是因为这些指控涉及一系列互相交织的事实。因为这些情况不能分割开来看。不是因为它们构成了一个故事,而是这三个故事应该一起讲:一名被告的故事,另一名被告的故事,还有第三个故事,也就是公诉人认为他们俩共同有罪、是共犯的故事。我也想过从一开始就反对这样做。我想过要求对我的当事人进行单独审讯。但是,其实,我认为法官是对的。这三个故事应该一起讲。所以——下面直入正题——让我给你们讲讲我的故事。我的故事是,我的当事人贝琪·哈维是有罪的。是的,我是她的律师,但我说她有罪。她所犯下的罪不仅仅应该受到谴责,不仅仅应该受到报应,不仅仅应该受到惩罚,而且,比所有这些都更重要的是,应该要求她进行弥补,尽可能回归正确的轨道,就像我们所知道的,这已经不可能了,因为一个女孩已经死了,再也不会回来了。你们听到我说的话了吗?阿贝巴·特梅思根,那个死去的女孩,她再也回不来了。犯下的罪行已经无法挽回。我告诉你们,我的当事人是有罪的,罪过在于泯灭人性,违背道德;罪过在于虐待儿童;罪过在于从埃塞俄比亚把阿贝巴·特梅思根带到这儿来,却赤裸裸地蔑视和侮辱她;罪过在于导致她死于失温;罪过在于憎恨、愤怒、敌意、怨恨、骄傲、自私、无视;罪过在于只关注自己,以自我为中心,极其地自以为是,以及不可饶恕地滥用父母之权。有罪,有罪,有罪,有罪,我的当事人犯下了很多项可怕的罪行,这是不可否认、也无可争辩的。听着,"我父亲说,"如果一个人明显是恶的,你就应该谴责他,而且要彻彻底底地谴责他,不需要有丝毫的歉意或者掺杂其他的情感。但是——我想说的是——你不应该在法庭上谴责他们,因为没有法律禁止明显的恶,没有'明显的恶'这样的指控,只有明文规定的那些——具体到我当事人的案子里,是虐待致死。虐待致死。虐待致死。这项指控里存在一个因果关系。它说的是由虐待而造成的死亡。死亡必须是由虐待所导致的。不能只有虐待和死亡,必须有导致死亡的虐待。这一点,在一些案件中可以得到证明,但是在这个案子里却证明不了,有虐待,有死亡,但二者之间没有因果关系。现在你们可以说,我这是在跟你们绕弯子。如果我说'好吧,阿比盖尔·哈维受到了虐待,受到了可怕的虐待,但这不是她死亡的原因,不是造成她死亡的原因',你们可以对自己说,我不过是又一个不关心是非的律师,只想不择手段地让自己的当事人逍遥法外。不对,不是这样的。我根本就不想让我的当事人逃脱法律的制裁。我希望我的当事人感受到痛苦,并且付出应有的代价。我想让她受到惩罚和谴责。只是我们需要找到一个办法,不需要通过认定她虐待杀人,也能让她受到惩罚和谴责。为什么呢?因为如果我们说她的所作所为足够接近,或者'有点'接近这个罪名,如果我们说她是恶的,并且因此把她关进监狱,那么法律就会产生一点点偏移。而当法律开始有了偏移,就麻烦了。法律偏移了,就会出现一个疯子——一个想要压迫人民的独裁者或者暴君——疯子会把偏移的法律置于他的拳头之下。他向下压,再向下压,一直压下去,直到法律被压扁压平,然后我们就成了一个没有法律的国家。"

父亲用食指搓了搓鼻子。"这是个难题,"他说,"我们想做正确的事。我们不想亵渎对于阿贝巴·特梅思根的怀念。我们不想说阿贝巴·特梅思根的生命毫无意义,夺走她生命的凶手可以逍遥法外——不,我们不希望这样。我不希望这样。这是我最不想看到的。我想要的是正义。我希望大家可以理解,我的当事人做了非常不好、非常可怕、无论如何都不可以原谅的事。我希望她的余生不干别的,全部用来补偿。我希望她的人生是关于补偿的,我希望我的当事人用她的双手和汗水来补偿,有形的、真实的、明确的补偿,无他,但我不希望为了达到这个目的而破坏法律。最后,我还得说一句,虽然贝琪·哈维犯有恶行,犯下了罪行,但她没有犯虐待致死罪。"

"我提到了罪行,"父亲说,"是的,我的当事人是犯了罪。她犯了虐待儿童罪。她犯了一级虐待罪。她肯定还犯了一级谋杀罪。所有这些指控都是本案所提出来的,与此同时还有虐待致死的指控。刚才那几项指控,我一点也不会替她辩护。如果本案的指控只有那些,我们甚至都不会一起出现在这个法庭上。我会代表我的当事人认罪——如果她让我做她的代理律师的话——并且在庭下努力争取正确的裁决。这里的问题是虐待致死。我不认为发生了虐待致死的情况。无论如何,州政府必须证明我当事人的行为符合有关虐待致死的法律条文的表述,并且她的所作所为完全符合这一罪行的定义,但我不相信州政府能做到这一点。我的当事人犯了很多罪,但是没有犯虐待致死罪。"

* * *

我在前面提过,审讯期间,每天早晨我都到父亲在西雅图的家中接他。我表述得不对:那七天并不全都是这样的。在他做开场陈述之后的那个早上,我没有去接他,因为头天晚上我们入住了一家名叫哔哔的汽车旅馆,位于弗农山和伯灵顿之间。我们在那儿住了一晚,是因为陈述之后父亲去了监狱,跟贝琪·哈维就辩护的事进行讨论,他们这次会面的时间比预想的要长——实际持续了两个多小时——等他们谈完,至少对我来说,开车回家已经不现实了。他们谈的时候,我就在法院后面铺着鹅卵石的人行道上等父亲,那地方也可能是个市政广场,也可能是二者兼而有之——总之是一个有树荫和长椅的地方。在那里,下午的热浪开始消散。商店的橱窗里映着夕阳的余晖。我坐在那儿,胳膊撑在膝盖上,望着广场上的鸽子,脑袋里不断地浮现一个又一个画面,其中一个就是林肯·斯蒂文斯说过的一句话——阿贝巴被关的那个壁橱比棺材还矮,而且灯的开关在外面。这句话不断地出现在我的脑海里,随之而来的还有一种愤怒。我试图把那愤怒挡回去。但我做不到,最终,我站起身,转移到了一个冷库后面背风的长椅上,那里可以看见有人在钓鱼,还能看见河那边的田野，然后我又走了一段，最后坐到车的驾驶座里等着父亲。我把车门开着，让车内的热气能散出来。我在车里坐着，想起了阿贝巴告诉艾尔莎贝特·特斯法耶的事，沙舍默内附近的那个男孩用树枝赶着驴，那个男孩给了她和她父亲水，还有大块的山羊肉，这就证明，不是每个人都是坏人。

我们住的汽车旅馆房间的墙壁很薄，地毯破破烂烂，天花板是石棉板。空调压缩机的噪声很大，还滴水，要是附近的高速公路上有卡车驶过，房间的窗户就咯吱咯吱地响。两张床之间的距离不到半米①。我们坐在床上，吃着从杂货店买来的炒面。我一边吃，一边问父亲："你怎么看？"父亲回答说："嗯，首先，最主要的是这件事真是太惨了。但即使如此，你也必须往前走。公诉人斯蒂文斯，他不是个能干的人。同时呢，贝琪丈夫的律师伯里斯，她已经准备了无数的动议。我跟她说，如果她想这样做，我不会说不，我不会抱怨也不会哭泣，我不会坐在法庭上摇头。我告诉她，她应该做自己认为应该做的事，她说：'反正我会做的。'"父亲把他的塑料叉子叉进炒面。

"不要跟帕姆·伯里斯耍花招，"他一本正经地提醒我，"如果你跟帕姆耍花招，你就输了。"

刚过十点，我们便关了灯。五分钟后，父亲问："你还醒着吗？"

---

① 原文为十八英寸。

"是的。"

"我曾经办过一个案子，有一个男人在圣诞节的派对上朝四个人开了枪。"父亲说，"他是个二手车销售员，叫'巴斯特'。我接案后做的第一件事就是采访他的妻子，她当时19岁或者20岁吧。她带着一个男孩，大约3岁。她当时还怀着孕。我记得她告诉我，巴斯特在一周前无意间撞死了家里的小狗，哭得死去活来，然后把小狗的尸体埋在他们家的后院。可以吗，我这样说话？"

"当然可以。"

"巴斯特17岁的时候，"父亲说，"意外开枪打死了他的弟弟。后来他就辍学了，参了军，被派去了德国，他在德国整天喝得烂醉，直到被军队开除。回国之后，他在街上流浪了一段时间，然后他偷了一辆车，进了监狱。不过，不管怎么说，他还是振作起来了，找了一个卖二手车的工作，结了婚，还有了一个孩子。但是后来他又开始酗酒滋事。节日季到了，巴斯特和妻子发生了口角，因为巴斯特讨厌过节。不过，他还是同意和妻子一起去参加这个聚会。是邻里之间的聚会，就在他家马路对面。大家在一个地下室里喝酒跳舞。巴斯特喝醉了，就犯浑了，气得他的妻子回家睡觉去了。最后，派对上的一个男人忍无可忍了，对巴斯特说：'把你的手从我老婆身上拿走，胆敢再碰她一下试试。'"

"我明白了。"

"总之呢，这家伙和巴斯特动了手。然后一大群人把巴斯特揪到一个露台上揍了一顿。那么巴斯特干什么了呢？他回到家，给步枪和手枪装上子弹，光着膀子回来了。然后他下到地下室，右手拿着步枪，左手握着手枪，朝跳舞的人群开枪。死了两个，还有两个受了伤。然后他沿着马路中央大摇大摆地走了，敲响了一户人家的门，在人家的门廊里大喊'我是圣诞老人，不给钱就捣蛋，让我进去'什么的。"

父亲顿了一下，表示下面是重点。"最后，我的主张是巴斯特的精神不正常，"他说，"我说，枪击事件发生的时候，他处在一种由精神疾病导致的不理智状态。我说，出于这个原因，在向四个人开枪时，巴斯特并不知道自己在做什么，也不知道自己的行为是错误的。我辩护说，他的精神太不正常了，以至于压根儿没法产生杀人的意图。我争辩说，应该撤销对巴斯特的指控，应该把他送进精神病院。公诉人对此并不认同。他想判巴斯特死刑。他说：'这个案子怎么可能没有意图？被告在邻居家的圣诞派对上发火，然后回家从衣柜里拿出了枪，分别装上子弹，又回到派对现场，瞄准目标，开枪杀人。他并没有疯。他对那些人很生气，想把他们杀了。'"

"我请了精神病专家出庭做证，"我父亲说，"一位说，巴斯特在服役期间就已经变得不正常了，因为他不遵守规则。另一位说，巴斯特的父母对他缺少养育，再加上杀死弟弟带来的内疚，使他变得自暴自弃。好吧，这些只使得公诉人又给他自己的心理医生打了电话，他们都说被告明显就是喝醉了，然后生气并且开枪杀了人。所以就有了两个版本。我的版本——巴斯特的生活有种种不如意，于是疯了。公诉人的版本——简单、粗暴、冷血的谋杀。"

"不管怎么说，"父亲说，"让我们面对现实。十有八九，被指控犯罪的人的确犯了相应的罪。就像我很久之前跟你说过的，现实不像电视上那样，律师像变戏法一样，揪出真正的凶手。对我来说，这是一份职业，能有百分之十的胜诉率就算得上记录良好了。有时候——大多数时候——事实对你是不利的。你找不到理由。当然了，如果当事人认为自己有任何机会，哪怕是最最渺茫的机会，他们都会想要走上法庭，并且希望你，作为他们的辩护律师，能使出全部的本事。因此，最后你会竭尽全力，尽管根据你的经验，你知道这些都是无济于事、没有希望的，如果你想要从工作中获得任何满足，那只能是从失败中获得。总之呢，陪审团认为巴斯特的每一项罪名都成立。法官判了他四个终身监禁。好在他没有被判处绞刑，这是我所担心的——我怕他们会判巴斯特死刑。整件事都令人悲哀。跟你说实话，我工作中的很多事都让人悲哀。这是一个不得不活在悲哀里的世界。"

* * *

第五天。林肯·斯蒂文斯让证人出庭做证。从他们的证词中可以看出，随着时间的推移，德尔文和贝琪·哈维拼凑出了自己的学习方案。他们对去过的所有教堂都不满意，一个教派都不认同。相反，他们信仰的是他们从订购的书、录像片和讲道的磁带中拼凑出来的个人宗教。他们是世界末日论者，意思就是他们相信世界很快会在一场大屠杀中终结，在那之后，所有没有把耶稣奉为救世主的人都会下地狱。他们相信地狱之火是真实的火焰，相信天堂是一个真实存在的地方——天堂和地狱都存在于宇宙中。他们相信男性是上帝指定的户主，女性是他们的"帮手"。他们相信不应该放松对孩子的管教，并在家里存放了一本专门用于严厉育儿的手册。这本手册要求用木勺抽打六个月大的婴儿，如果他们试图从铺在地上的毯子上爬下来，就要打他们；要求用尺子、板子、水管和树枝来打孩子；要求用冷水洗澡、在室外关禁闭、不给饭吃；要求一直惩罚到孩子"无法呼吸，抱怨不得"为止；还引经据典作为依据。

一位证人是一个名叫安丽丝·库伯的年轻女子，她梳一条编得很紧的麻花辫，搭在右肩上，还戴了一副眼镜，镜片厚得像瓶底。安丽丝·库伯说，她认识贝琪·哈维的时候，贝琪还不到25岁。库伯说，贝琪很健谈，声音很大，在房间的另一头都能听见。库伯当时12岁。她和母亲一同去参加一个叫萨拉·托特的女人办的婴儿洗礼会。萨拉·托特的父亲是墨西哥的一名牧师。她的父母都是传教士，她的九个兄弟姐妹也都是传教士，在墨西哥、洪都拉斯和尼加拉瓜传教。安丽丝·库伯说，萨拉·托特很有感召力。她经常在她家的客厅里举办活动，很多人都来参加。她比大多数妇女大个15岁，也可能更大一点，她有八个孩子，都很乖巧。库伯说，很快，"我的母亲、贝琪·哈维还有其他几个参加这些活动的妇女就开始像萨拉·托特那样穿衣打扮，她们称之为端庄。比如穿长到脚踝的裙子或连衣裙、连衫裤、束腰外衣、长袖上衣。我也不得不这么穿，直到后来我离开家"。

萨拉·托特会发表讲话，库伯说："话题都是关于生养很多孩子、让孩子们在家里上学、做家庭主妇，还有怎样正确地培养孩子的。她说，跟小孩子商量是没有意义的，因为他们太小，还不懂。他们能明白行为，而不是语言。他们能明白训练，而不是解释。萨拉·托特说，人们擅长训练狗狗坐下或是去取东西，但是在训练自己的孩子执行命令时却做得很糟糕。她说，孩子们想知道边界在哪儿，想知道如何让父母高兴。萨拉让家庭顺利运转的方法是使劲训练孩子。把东西放在孩子够得到的地方，如果他们伸手去拿，你就叫他们不要碰；如果他们违抗你的命令，继续去碰，那就打他们的手。萨拉说，这就是所谓的训练。她说，假设你在喂奶，宝宝咬了你一口。很简单。宝宝一咬你，你就用力掐他的胳膊或腿。宝宝一咬你，你就马上掐他，这样宝宝就会感觉到疼。给他传递的信息就是'如果我咬人，我就会疼'。这是宝宝能够理解的。他们理解不了更多的东西。萨拉认为，随着宝宝一点点长大，成为蹒跚学步的孩子，这个孩子将会试探父母的底线。这个时候，我母亲、贝琪·哈维以及所有听从萨拉·托特的妇女都必须坚守自己的底线。她们必须坚定，不能向情感屈服。萨拉说：'你的孩子会反抗你的权威，如果你爱他们，你就得确保自己能赢。因为他们是罪人,有原罪。因为原罪,他们会为了得到想要的东西而大喊大叫,他们会很自私,以自我为中心,需要你来控制他们的发展,把他们带到上帝那里。'萨拉认为最关键的年龄是12岁。她说12岁是上帝划定的界限。她说,孩子们长到12岁,就要对自己的行为负责了。到了12岁,上帝就不会再放松对你的要求。你可以为12岁时的行为下地狱。因此,父母就要对孩子进行这种训练。你要是不训练孩子,他们到12岁的时候就会犯罪,然后下地狱。她说的就是这个意思。她会吓唬大家。"

"萨拉·托特真的很擅长让每个人都拼命用鞭子抽孩子,用拳头揍孩子。"库伯说,"她会说,《圣经》说了,女人应当男人的帮手,听从男人的吩咐,女人应该待在家里,不使用避孕措施,狠狠地打孩子,这就是我所成长的环境和文化,这就是我当时的处境。说实在的,萨拉·托特、我母亲以及贝琪等人信奉的其实是个邪教,她们嘴上说的是源自爱的管教,但我自己的经历告诉我,事实上你就是在挨揍。我是说,真的挨揍。过了一段时间,我猜,可能有一些女人提出了质疑,但她们又生活在恐惧之中,因为,就像我刚才说的,这是一个邪教,你不能违背萨拉·托特和我母亲以及贝琪·哈维所说的话,否则你就可能被踢出核心圈,被瞧不起,被排斥。但是,一个女人开口了,然后又有第二个开口了——她们心里生了疑,如果你狠狠地揍一个孩子,那不可能是真正的爱,不对吗?萨拉·托特、贝琪还有我的母亲说，不，这里有更多的经文可以做出解释，我们会为你祈祷，诸如此类，然后这两个女人就退出了，因为她们实在无法忍受继续殴打自己的孩子。然后萨拉、贝琪和我母亲开始担心儿童保护服务中心，她们总是谈到儿童保护服务中心，她们认为其他女性，那些退出的女性会夸大其词，把儿童保护服务中心招来，然后儿童保护服务中心就会带走她们的孩子。因为她们都有这种倾向，萨拉、贝琪和我母亲，她们都有阴谋论的想法，她们认为政府想要抓你，把你的孩子带走。特别是贝琪，简直走火入魔了。过了一段时间，贝琪比萨拉·托特还要激进了，她们俩闹掰了，发生了很多戏剧性的事，贝琪开始表现得好像现在是她说了算了，她变得专横，控制欲很强。我们开始改去哈维家聚会，不再去萨拉家了，因为我母亲就像贝琪的副手，所以我看到了很多他们家发生的事，我看到了很多他们生活的点点滴滴。我记得哈维夫妻俩总是在传福音，想让大家跟他们一样，他们都无比地虔诚。我猜，这是因为当这些训练发挥作用时，真的会很有成就感，接下来你会发现，你让孩子把一个玩具捡起来，他会二话不问立马去做。除此之外，贝琪极其讲究个人卫生，比如要保持东西无菌无毒，她把所有的东西都放在塑料桶里，孩子们都有各自的小箱子，上面写着名字，里面装着每个人的牙刷之类。诸如此类。而且我还看见，我亲眼看见，看见过很多次，她和哈维先生打了孩子很多下，就当着我的面，这可不是轻描淡写地拍两下屁股或者手——是真的打，很疼的。他们家有那么多孩子，每隔十到十五分钟,小鞭子就会被拿出来,还有三十厘米①长的小水管,除了最小的婴儿是用手打的,因为根据他们的育儿理念,小婴儿还没到用水管抽的时候。但是等这些孩子满六个月——才六个月啊——如果你叫他的时候他不过来,或者是没有把自己的玩具什么的捡起来,好了,鞭子就出场了,你们知道的,就对着屁股下面抽,大腿和屁股交界的地方。我知道这些,是因为我经常这样被鞭子抽,很疼的,会留下红印子。"

"后来,事情变得更加诡异了,"库伯说,"贝琪开始在家里举办研讨会,主题是'冠冕之乐',是她从《圣经》里摘录的,大意是说妻子应该成为丈夫的冠冕之乐什么的——大概是这个意思。她站在其他女性面前,好像自信满满,胸有成竹,她们也相信她的话,因为她的孩子是那么训练有素,那么乖巧听话,我不得不跟我母亲一起去参加这些活动。我记得贝琪曾经笑着向我们透露说,她把管教孩子的工具塞在胸罩里,这样拿起来方便,一个是水管,还有一个是又粗又长的胶棒,就像热胶枪里用的那种,她告诉我们这是她母亲的主意,她母亲给了她整整一盒的胶棒。我还记得她把研讨会的题目从'冠冕之乐'改为'不再有罪',她发现'不再有罪'在《圣经》里随处可见,她好像突然睁开眼睛看到了某个密码,'不再有罪'的意思是生活中是可以实现无罪的完美的,或者类似的情况,是上帝眼中的完美,不

---

① 原文为十二英寸。

管那究竟是什么意思。事实上，你动脑筋想想，就能明白纯粹的无罪和完美根本就是歪理邪说。这跟贝琪的洁癖有点像——要把所有的脏东西都清理干净，把手洗上一万遍。她在'不再有罪'的演讲中，不停地暗示自己是完美的，在生命的此时此刻，她感受到了上帝的召唤——这是阿比盖尔来的前一年——她感觉到自己被召唤去宣扬一种新的基督教教义，在那个教义里，人是完美的、无罪的。每次，每次聚会，她的演讲一结束，她就让大家站起来一起祷告，祷告的内容是这样的：'我们传扬他，是用诸般的智慧劝诫各人、教导各人，要把每个人完美无瑕地带到耶稣面前。我为此劳苦，照着他在我里面运用的大能，尽心竭力。阿门。'我们其他人好像都在那里为她的完美而欢呼。"

安丽丝·库伯厌恶地摇了摇头。"这事离现在并不久远，"她说，"正是在哈维夫妇收养阿比盖尔之前。阿比盖尔来到他们家的时候，他们满脑子就是这些。"

* * *

一位叫谢丽尔·霍奇的女士出庭做证，她说她是德尔文·哈维的妹妹，他们的父母都是传教士，在她12岁时就离了婚。他们家在得克萨斯州住过一段时间，后来又搬到了俄勒冈州波特兰、华盛顿州伍德兰，以及华盛顿州科尔维尔。在科尔维尔，"我们只能勉强糊口，因为父亲已经找不到活儿干了，"谢丽尔比德尔文小六岁,"所以,我小时候,印象中他不怎么在家里。我还有一个哥哥,叫布鲁斯,他跟德尔文年纪相仿,比德尔文大一岁半。布鲁斯知道怎么招惹德尔文,他可以把德尔文惹毛。这并不难,真的。他很容易发怒。布鲁斯在学校很受欢迎,但德尔文正好相反。他压根儿就不在乎。学校里的那些时髦人士都穿喇叭裤,你们知道的,但德尔文并不在乎,他我行我素,不在意别人的看法。我猜,他摆出来的是一种道德姿态。有人开始接触毒品——布鲁斯也吸了一点,但是德尔文一直老实本分。而且他的个性是,如果他认为某件事是正确的,那么它就是正确的,没什么二话。他是那种黑是黑白是白、没有任何灰色地带的人,他认为是非之间只有一线之隔,你要么越过去,要么就不越过去。不可能处于中间地带。所以,如果他认为某件事情是正确的,而你的想法跟他的不一样,他就对你有了评判。比如,在后来的生活中,当他有了孩子而我还没有孩子,他就对我说,我不应该采取节育措施,因为这是在杀害生命,而且杀害未出生的孩子是一种严重的犯罪行为。还有一件事:我是一个中学老师,我在学校里教科学,德尔文跟我说,我不应该干这个工作,因为我在教进化论,在宣扬上帝没有创造地球。当我告诉他我不同意他的观点时,他就开始给我找书看,反对进化论的书,他总是想让我知道,是我的精神境界没有达到恰当的标准,我没有正确地生活,而其实恰恰是那种宗教性的东西会让人如此主观。倒不是说他一直如此。他和贝琪结婚之后,这种观念变得越来越强烈。他们俩很快就步调一致了。他们俩有一种沟通方式。那就是，你得读读这本书，或者，你得看看这篇文章，或者，你得听听这场布道，或者，你的《圣经》引文版本是错的，应该用这个版本。或者，这个国家的一些人正在控制一些事，想让我们成为社会主义/共产主义/法西斯独裁国家。有一次我犯了一个愚蠢的错误，我和他们争论这个问题，我说：'你们这是把不相干的东西混为一谈——共产主义/法西斯，这两个说法本身就是矛盾的。'——但是他们一个字也听不进去。像往常一样，我是错的，他们是对的，原因是我没有读正确的书，没有听正确的人的教诲。我早该知道不应该跟他们争，因为我很久之前曾经和他们一起住过一阵子。德尔文当过两年兵，在那期间我没怎么见过他，后来他结了婚，住在肯特，离西雅图半小时车程，我当时想去华盛顿大学考教师资格证，但又没什么钱，于是就问可不可以住在他们家。于是我就住了下来，但是没住太久，连一个月都不到——也可能有一个月，我不记得了。但我一找到工作就搬出来了，因为贝琪的控制欲太强了。举个例子，只要我一洗完澡，她就会跑到浴室里检查我有没有把窗帘拉开，防止发霉，如果我没有把洗碗机完全装满就开始洗碗，那就成了问题，或者如果我忘了盖上牙膏的盖子，或者洗衣服用了太多的肥皂，或者没有把装面包的袋子夹紧，这些都是问题，所以我不得不搬出去，逃脱这一切。我们发现贝琪的外祖母有洁癖，贝琪的母亲也有，然后贝琪也有，贝琪小的时候，如果她去了别人家——比如去玩什么的——那么在她回家进门之前,她的母亲会拿着水管把她从头到脚冲一遍。所以,她从小就是这样长大的。我是说,贝琪会用牙刷来刷房间的每个角落。有一次,学校剩了一些培养皿准备扔掉,我不知道该怎么处理,就给了德尔文,我心里想的是,你们知道的,在家教学能用得上。这些培养皿里有营养琼脂,所以你稍微拭一下就能看见细菌。我过去给他们演示,嘿,你可以打开这些,用棉签或者直接用手,把手在上面蹭一下,然后合上,你就能看见刚才在手上的细菌了。后来,我又有了一些这样的培养皿,于是就问德尔文,这些你要不要也拿去?他说不要,因为上一批培养皿已经让贝琪气得冒烟了。她接触培养皿之后洗了无数遍的手,然后就让德尔文把那些培养皿装进塑料袋,在外面又套了一个塑料袋,然后把袋子口拧好扎紧,当天晚上就全部放到外面,第二天就扔掉了。

"阿比盖尔来了之后,有一次我在伯灵顿的Costco超市碰到德尔文,我们聊了几句,聊的就是'你家里人怎么样'这类问题,他说他和贝琪跟阿比盖尔之间有一些问题。所以,我自然就接着问他是什么样的问题,他说阿比盖尔很叛逆,事情已经发展成了一场战争,发展到他们叫阿比盖尔站在这里,她就故意向左站两英寸,或者如果叫她把书放在这里,她就故意放到左边两英寸的地方,所以现在他们不得不经常惩罚她,打她,计时隔离,不让她吃饭,让她一个人吃饭,等等。我就看着他,心里在想:'德尔文,你是疯了吗?'最后,我再也忍不住了,于是我说:'德尔文,你疯了吗?你是在跟我开玩笑吗?你怎么了?你已经变得跟贝琪一模一样了。贝琪——她已经把你给洗脑了。'而德尔文的回应还是那一套。他说：'你去读读《圣经》吧，去仔细读读你的《圣经》。'然后他引用了《圣经》中的几句话，有一句话是这样说的：'男人是女人的头。'另一句是：'你们做妻子的，当顺服自己的丈夫，如同顺服主。'德尔文为我讲解了这段经文。坦率地说，那个画面非常令人尴尬。我们俩站在Costco超市的过道里，那地方人来人往，而德尔文像传教士一样比画来比画去，给我宣扬教义。"

* * *

审判的第六天，一名儿童保护服务中心的调查员出庭做证。她说，阿比盖尔死亡当晚，斯卡吉特山谷医院的人给她留了一条电话留言，大意是有一个女孩被送往急诊室，路上就死了，那个女孩明显消瘦，死于失温，地点就在她和七个未成年兄弟姐妹居住的房子附近。第二天早上9点，调查员拿到了一份来自治安官办公室的报告，指出死者的头发被剃光，身上有多处斑痕和擦伤，死时没有穿衣服，就死在离她家后门几英尺远的地方。调查员在证词中说，这一切都表明需要进行实地考察，以确保七名幸存儿童的安全。

在斯通巷，她刚把车停在房子旁边，就有一个男孩出来和她对峙。他看上去十六七岁，但言行举止显得蛮横无理，他立即要求刚刚下车的调查员亮明身份和来意。当她按照他的要求提供了这些信息，他便举手示意她先别进去，在原地等着，自己进了屋。

过了一会儿，另外两个男孩和第一个男孩一起回来了。这两个男孩看上去比第一个小一点，他们的态度同样很不友好。三个人都剃着平头。三个人都穿着白色的短袖棉衬衣，衬衣塞进系着腰带的卡其色裤子里。三人的行为都表现出一种自以为是。在调查员看来，他们不像未成年的孩子，倒像是一支凶巴巴的安保特遣三人组，像防守员、守门员、看门人。一个男孩宣称，他知道法律是怎么规定的，法律规定他们不必回答她的问题。另一个男孩说调查员是非法闯入民宅，应该立刻掉头离开。他们三个人的行为明显可疑，以至于她当时就断定有问题需要彻查——在他们的阻挠、他们对她的颐指气使以及为阻止她执行任务而做出的过激行为背后一定隐藏着什么问题。在她看来，他们的行为很具有讽刺意味，因为这种强硬的手段和武断的抗议所产生的作用其实恰恰相反，她觉得他们应该知道：如果他们反过来邀请她进门，表现得很亲切，反倒可能更容易达到目的。可是他们没有那样做。他们越是坚持要她离开，她就越知道自己有理由留下。"我哪儿也不去，"她告诉他们，"进去吧，找一个大人出来。"

一个男孩进屋去了。等他再次出来，是跟在贝琪和德尔文·哈维身后。现在有五个哈维家的人在车道上跟她对峙。德尔文·哈维的衣着打扮和他的儿子们一样，也是白色的短袖棉衬衫，塞进系着腰带的卡其色裤子里。贝琪·哈维穿着长及脚踝的裙子,她对调查员说,她不可以跟孩子们说话,孩子们也不会回答她的问题,她知道儿童保护服务中心想干什么,现在,她正式**警告儿童保护服务中心**——以及调查员本人——如果她试图剥夺宪法赋予他们的权利,那么她和儿童保护服务中心都有可能要吃官司。"好的,"调查员说,"但是法律规定,在这种情况下,我必须判断这里的孩子是否安全,而且法律还规定,如果我不被允许这样做,我就有义务向治安官求助,所以我建议你还是配合我,让我完成工作。"

贝琪·哈维打开大门,叫另外几个孩子。又有四个孩子出现了:一个男孩,可能10岁或11岁,他和其他男孩一样穿着白色短袖衬衫,还有三个女孩,都穿着印花的棉布裙子。这些孩子组成了一幅画面,让调查员想起《草原上的小木屋》。她现在明白眼前是什么情况了——她所看到的是一个狂热的原教旨主义者家庭,这样的家庭她遇到过不止一个,他们分散在全县的各个角落,出于同样的原因,有时她也会拜访其他家庭,就像现在这样,她眼前的这些人对儿童保护服务中心有着黑暗的观点,其中包括这个中心的存在是为了绑架儿童,然后把他们交给撒旦。"我需要跟孩子们单独交流,"调查员说,"因为孩子们在父母面前没办法自由地告诉我自己是不是感到安全。"

贝琪·哈维说她会对此提起诉讼,因为这是宪法所不允许的。而且不管怎么说,也没有必要跟孩子们单独交流,因为她的孩子在任何时候都会说实话。"所以,让我们迅速完成你的小家访吧，"她冷笑道，"孩子们，排队。"

孩子们按照年龄排成一排，从大到小，从左到右。贝琪·哈维把右手放在第一个孩子的头顶，说："以西结，你觉得自己安全吗？"他回答说："当然。"

贝琪·哈维沿着队伍往下走，把手放在每个孩子的头上，孩子们都回答"当然"。就像小机器人一样，调查员心里想。就像玛丽亚出现之前的冯·特拉普家的孩子。调查员被激怒了，她重申——她需要跟孩子们私下交流，以履行她的职责，如果不允许她进行调查，她会给治安官办公室打电话。"那就给治安官办公室打电话吧，"贝琪·哈维并不买账，"他们会站在我们这边。"

根据多年处理此类问题的经验，调查员做了她认为最佳的选择——她先行离开，并启动正式的调查程序。很快，她从法官那里得到了所需要的法官令，并打了电话给治安官办公室寻求支持，然后，她带着法官令和儿童保护服务中心的一位同事在两名警员的陪同下回到了斯通巷，一行人开了三辆车。

那是一个星期五的下午。贝琪和哈维都不在家。其中一个曾经公然对抗她的男孩来到门口，他看见两名警员，便说他的母亲去买菜了，父亲上班去了。调查员告诉他，她和其他人是来带他和他的兄弟姐妹们去弗农山的儿童管理办公室的。"现在是午饭时间。"他回答说。

调查员说他们可以把午餐带上。然后她说她要进去，但她的同事和警员会继续站在原地等候。

她进去了。另外六个孩子在前厅里，一开始都呆住了，盯着她，直到她说没有人会伤害他们，他们需要拿上外套和牙刷，因为他们所有人现在都要离开这个家，去一个他们会被照顾和保护的地方。六个孩子按她的要求去了，但是第七个，也就是最大的那个女孩却匆匆跑进厨房，开始做花生酱果冻三明治，她把面包片配好对摆整齐，迅速涂上花生酱和果冻，然后把每个三明治塞进一个塑料袋，袋子上写有每个孩子的名字。

孩子们很快便拿着外套和牙刷集合了。调查员注意到，他们没有哭，也没有害怕的样子。他们都出奇地高度配合，对她的回应也很有礼貌，而且行动迅速，包括第一次访问时恐吓她的三个男孩。"咱们走吧。"她一边说，一边领他们出了门。警员们在一旁看着，没说话。她的同事带了四个男孩上车，调查员则带了三个女孩上她的车。路上，离开斯通巷几分钟后，最大的孩子请求允许她打开最小的孩子装三明治的袋子。她用很小的声音说，她担心她的妹妹可能会把花生酱和果冻弄到车子的内饰上。调查员从后视镜里看着她，说："你们当然可以打开袋子吃三明治。我并不在意汽车的座椅干不干净。这车已经旧了，可以说已经很破了。我自己的孩子经常在后面吃东西。那样的事我一点儿也不担心。放心吃你们的三明治吧，吃吧。"

她一边开车，一边继续从后视镜里看着。较小的两个孩子吃了，但最大的那个并没有打开她的三明治袋。"吃吧，吃啊，"调查员催促她，"我们会给你东西吃的，不用担心，现在趁着有机会吃就吃吧。"

女孩打开了她的袋子，但还是没有动那块三明治。"打扰一下，"过了一会儿，调查员说，"你是叫丽贝卡吗？"

"是的，女士。"女孩回答。

"你不饿吗，丽贝卡？"

"不饿，女士。"

调查员和她在后视镜里四目相会——她似乎并不希望调查员看着自己的眼睛，显得有些羞愧和惊愕。好像她们不应该看着对方，好像这样是有问题的，好像她们的行为是错误的。与此同时，女孩并没有移开视线，要么是因为她觉得自己不应该把视线移开，要么是因为，从某种程度上，她也不想移开，所以就陷入了与儿童保护服务中心的调查员四目对视的两难境地，即便存在后视镜的缓冲。"你13岁？"调查员问。

"12岁，"丽贝卡说，"但我下周二就过生日了。"

"那么提前祝你生日快乐。让我问你一件事，你是现在不饿还是一般都不饿？"

"一般都不饿。"

调查员决定就此打住，把视线转向公路，并再也没朝丽贝卡看。她没有问更多的问题，她告诉法庭，因为丽贝卡·哈维看起来很害怕，很脆弱，如果再问下去，她很可能就要崩溃了。

* * *

丽贝卡·哈维出庭做证。她面色绯红，头发梳成松松的发髻。她现在13岁，但是看上去要小得多。她垂着眼睛，不敢正眼看人，她的视线从未落在父母身上，而她已经九个月没见过他们了。她拒绝朝他们看，仿佛很紧张。与此同时，她似乎也有着一种不可动摇的意志。为了今天的出庭，她在彼得潘领的上衣上套了一件近似亚麻色的V领毛衣开衫，扣子全部扣上，下身穿了一条长长的牛仔裙，腰间用布条紧紧系住。她的坐姿有点脊柱侧弯，身体左倾得厉害，感觉从她的一侧肩胛骨到另一侧肩胛骨的假想线会横穿她的下巴。她还经常在椅子上扭来扭去，细声细气地说话——简直就像蚊子叫一样——法警不得不一直提醒她离话筒近一点。她的刘海儿垂在右眼上方。这天早上，她突然开始剧烈地咳嗽，于是她咳起来的时候只好低下头，对着手心咳，然后再停顿一阵，好像感觉自己还要咳一阵似的。每次她都为此而道歉，而这又使她更加难为情。

尽管承受了极大的痛苦，但丽贝卡很坦诚。她告诉法庭，自从阿比盖尔死后，她多次自残，在精神病院住过两个月，还滥用止痛药和焦虑症药物，并且两次试图自杀——她说，有一次是割腕，还有一次是吞下了一瓶奥施康定。她说，她现在已经好些了，但还是很虚弱，正在恢复中。她睡得很多，正在努力恢复体力，现在和她的妹妹们——8岁的莉亚、5岁的艾达——一起住在叔叔布鲁斯和婶婶埃伦的家里，在艾奥瓦州。

"阿比盖尔刚来的时候，"丽贝卡解释说，"是乘半夜的飞机到的，所以只有我父母去机场接她，把她带回家。他们从车道上往家走时，我听到了他们的声音，所以就从床上爬起来了。我走进客厅，见到了阿比盖尔。她真的很漂亮，她穿着孤儿院发给她的衬衫，上面写着'埃塞俄比亚'，是一件白色的衬衫，还有一条白裙子，两件衣服上都有红、绿、黄三种颜色的镶边，因为这些颜色是埃塞俄比亚国旗的颜色，她还穿着白色的袜子和白色的鞋子，头发梳成了辫子，不是两个辫子，而是很多个辫子——很多的辫子别在她的头上，非常漂亮。她会说英语，说得比我预想的要好得多，有一点口音，但是能听懂，而且那种口音很好听。然后我问她喜欢做什么，喜欢做什么样的事情，她说我喜欢什么她就喜欢什么。但她也喜欢阅读，喜欢编织，喜欢在户外玩。不过，不论我想做什么，她都愿意跟我一起。男孩们的房间里有两张双层床，我们的房间里也有两张双层床，所以我们已经有了一张床给她。我问她想睡哪张床，上铺还是下铺，她说，如果我想睡上铺，那她就睡下铺；如果我想睡下铺，那她就睡上铺。我说，不对，应该反过来，你来选。于是她选了上铺。我们为她准备了睡衣，是我的几件睡衣，阿比盖尔穿上了那些睡衣，很合身，然后她就睡着了，但我太兴奋了，所以我没再睡着。然后，两三天后，莉亚开始感觉头皮痒，于是妈妈拿着手电筒检查她的头发，妈妈在她的头发里发现了虱子，然后妈妈又检查了阿比盖尔的头发,也发现了虱子。然后更多的人头上发现了虱子——我、爸爸、我所有的哥哥弟弟、艾达,全都有了虱子。唯一身上没发现虱子的是妈妈,所以妈妈开始查找信息,寻找解决办法,她决定我们必须在身上抹这种药,这种药应该能治虱子——你要把药涂满全身,然后一直等着,等待期间不能洗头,因为一洗就把药洗掉了。除此之外,我们还得把所有的衣服、床单、枕套、被子都放到洗衣机里,泡上两小时,让虱子死掉。我们有一些不好洗的东西,比如毛绒玩具之类,妈妈把所有这些东西都装在塑料袋里,扎好,放在门廊上,大概放了两个星期,因为这样可以让虱子饿死。我们还得用吸尘器把所有的东西吸一遍,检查所有的垫子和其他东西上有没有虱子,还要拖地,等等,但是家里还是有虱子。于是,妈妈让阿比盖尔把她的辫子解开,让她坐下来,然后拿起手电筒检查她的头皮,不仅发现了虱子,还发现了真菌,妈妈认为是癣。所以她又去查了关于癣的信息,然后认定就是癣。于是她就买了一些治疗癣的药,还给收养机构打了电话。我听到她在电话里说,她对收养机构的人很不满,因为她认为这些情况他们应该提前告诉她,现在这样费了她很多工夫。然后,等爸爸回到家,他们把阿比盖尔带到浴室,在浴缸里放了一把椅子,让她坐在上面,等她坐下,妈妈便拿起剪刀,把阿比盖尔的辫子剪掉了,然后爸爸拿了一把剃须刀,是他的电动剃须刀,把阿比盖尔的头发给剃短了。他把她的头发装进一个纸袋里,和壁炉里的其他东西一起烧掉。其他的东西、碎头发，都被冲进了下水道，然后妈妈用漂白剂清洗浴缸，还用塞子把下水口塞住，这样虱子就上不来了。然后，那天晚上，我们躺在床上的时候，我能听见阿比盖尔在哭，于是我问她还好吗，她说在孤儿院里，所有的孩子身上都有虱子，但是他们从来不会把他们的头发剪掉，现在她的头发被剪掉了，她看上去难看极了，她讨厌这个样子。我说，你并不难看，阿比盖尔。她说，就是很难看。于是我们聊了一夜，莉亚和艾达也是，但她们俩只是听，并且一直让我们小点声，因为害怕爸爸妈妈听见。于是我说，阿比盖尔，你可以下来跟我一起睡，这样我们就可以更小声地说话了，但她说，不了，我很好，于是我们试着入睡。然后，第二天，我们在外面的院子里，她戴了一顶帽子，就是爸爸称作保安帽子的那种，是黑色的，上面有几个字母，是我们常去的那家教堂的缩写，妈妈在阿比盖尔的头发上涂了虱子药，并叫她戴着帽子。她坐在野餐桌旁，我问她想不想玩跳房子，但她正在读妈妈给她的一本书，叫《最后的食罪人》。她在野餐桌旁读那本书。然后我们想和她一起玩夺旗游戏，就像我们其他人那样，她说好，于是我们就一起玩了。

"有天晚上，我们躺在床上，艾达说她饿了。我们聊起食物，阿比盖尔说在埃塞俄比亚有一种她非常喜欢的小吃，我们想知道这种小吃是什么，她说有点像椒盐卷饼，但形状又不像，更像一个个小球。然后她跟我们讲埃塞俄比亚的其他食物，还说那里和这儿不一样，没有一年四季，那里的一年当中有很长一段时间不怎么下雨,然后有几个月疯狂地下雨,简直大到你都不敢相信。还有,晚上人们都进到屋里,因为外面有鬣狗。有时候,晚上你能听见外面有鬣狗的声音,然后,如果它们咬死了一只山羊什么的,全城都能听见嚎叫声。然后艾达又说她饿了,阿比盖尔说,为什么我们不进厨房找点吃的呢?但是我们不想那么做,因为我们知道会发生什么,所以我们没有那样做。我们继续睡了。但是后来,又有一天晚上,艾达说她饿了,莉亚也说她饿了,她们俩都说饿了,她们俩总是喊饿,通常我们只能等到第二天吃早饭,但是阿比盖尔说,不,她们这个年纪不应该挨饿,这样好像是不对的。有一天晚上,她们又说饿了,阿比盖尔说,你们猜怎么着,我从厨房拿了点东西,带到床上来了,是苏打饼干。每个人都必须很小心,因为吃饼干会发出声音,于是我们嚼得很慢很慢。我说,阿比盖尔,别被抓到啊,因为这样的事我们是得互相举报的,但是不用担心,我们都不会举报你拿饼干的事。所以她就明白了,她不能每天晚上都拿饼干,因为那样饼干就会被拿光,然后妈妈就会发现,所以她就拿不一样的东西——比如,每天,趁妈妈不注意的时候,她就会拿一点东西藏起来,这样我们夜里就可以吃了,但是后来妈妈还是发现了,因为有食物的碎屑,妈妈在我们的卧室里发现了食物的碎屑。妈妈问,这是谁干的?阿比盖尔说,是我,我昨晚在床上吃饼干了。于是她受到了惩罚。爸爸回来之后,她挨打了。他把她带到他们的卧室,揍了她一顿,那是她第一次挨打。阿比盖尔告诉我说,在埃塞俄比亚，大人也会打小孩，但不会因为这样的事，而是因为你做了大家不喜欢的事，比如你对邻居很粗鲁，大家就不喜欢，他们会议论，然后父母就会说，你不守规矩，给我们惹麻烦了，但是没有人因为吃东西而被打。于是我们开始聊挨打的事。我告诉她，我们小的时候整天因为各种各样的事情挨打，但是现在不再挨打了，因为我们都规规矩矩的。

"有一次，我和阿比盖尔在院子里，她说我们住的地方太安静了，她很难适应，而且，周围都没有人，只有我们一家。她告诉我，她被收养的时候以为自己会去上学。她说她原本以为在美国每个人都要上学，她说她从来没有听说过在家里上学，她甚至不知道还可以这样——在埃塞俄比亚，他们没有类似家庭学校这种机构。我告诉她，在我们国家也很少有人这样做，大多数孩子都去学校上学，但我们家没有，因为爸爸妈妈不喜欢学校里教的东西，比如宇宙有几十亿年的历史、源于大爆炸，我们从猴子演变而来，等等，在学校里他们会给你洗脑，让你不再信奉耶稣。因此，我们在家里上学，有些事我们是必须要做的，比如练习写字、语法和拼写。阿比盖尔擅长写字，也擅长数学，她每次做数学题都是全对，数学对她来说很容易，但是由于英语是她的第二语言，其他科目就难一些了。不过，她还是会写作业——比如，她写了一篇关于《海蒂》的书评，还有一篇关于清教徒的论文，她还写了一篇关于美国独立战争时期十三个殖民地的论文，但所有这些论文都有错误，比如大写字母和动词之类的。妈妈不喜欢这样，所以她总是让阿比盖尔重写，一直写到完美为止，所有的词都要拼对，要完全正确。阿比盖尔写烦了，因为只要有一个错误，她就得把整篇论文重新写一遍，于是她对妈妈说她想去学校上学。妈妈说，不行，我们家不是这样安排的，在我们家，我们不相信学校。阿比盖尔不喜欢这一点。

"后来发生了一些事。妈妈希望艾达吃饭的时候能在椅子上坐直，而艾达会忘记，坐得东倒西歪，于是妈妈就会拿出打人的工具来打她。这次她拿出了打人的工具，因为艾达的姿势不好，她就抽艾达的背，阿比盖尔说'不要这样，这样是不对的'。妈妈让阿比盖尔出去，因为她很失礼。于是阿比盖尔出去了，后来，妈妈开门对阿比盖尔说，她可以进来，但是必须先道歉，阿比盖尔说不行，她不道歉，所以妈妈叫她进屋，然后让她面朝墙壁坐在角落里，拿上笔记本，在本子上写一百遍'我为自己的无礼道歉'。于是阿比盖尔去了角落，等她写完，便给妈妈看，她写了一百遍'我为自己的无礼道歉'，但是每一遍都有一些地方错了，比如句号，或者大写字母，或者某个单词拼对了但是写得不好看，不在格子里面。于是妈妈就说：'好吧，我明白了。'她说阿比盖尔必须再到外面去，在院子里走圈，走一百圈，还要一边走一边说'我为自己的无礼道歉'。妈妈就站在那里，看着，听着，如果阿比盖尔不听话，那么等爸爸回家，她就要挨打了。妈妈对阿比盖尔说：'你之前被打过，但不是很重，因为那是第一次，但是这次就不一样了，所以你最好按我说的做。'于是阿比盖尔走了出去，她在院子里走了一圈，然后就坐在地上，妈妈叫她'起来'，但是阿比盖尔不理她，妈妈生气了，她叫来我的三个哥哥，说：'出去把她拎起来，带到屋里来。'接着，哥哥们出去了，把她围住，于是她自己站起来，进了屋。妈妈让阿比盖尔在角落里坐着，直到爸爸回家。那时候已经很晚了，我躺在床上，但是能听见打她的声音，等阿比盖尔回到床上时，她说很疼，她说她希望自己没有被收养，还生活在埃塞俄比亚。我告诉她，我对爸爸妈妈的行为感到难过，而且我也一直很生气，真的很生气，我还告诉她，我一直替她揪着心，但是我忍着，我很害怕，我最喜欢的就是自己一个人溜进树林里。我告诉阿比盖尔，小时候，我活在一个小小的幻想世界里，幻想森林里有仙女。我用苔藓、树枝和树叶为她们做了些小房子，我给她们留下字条，介绍我自己，但是没有一个仙女回复我。然后，有一次，我的一个哥哥跟着我去了那儿，他看见我的一个仙女屋和一张字条，他把字条拿给了妈妈，于是我就倒了霉，因为仙女是异教的假想人物，从仙女开始，然后就是巫师、撒旦等。于是我不得不跟妈妈一起去了林子里，要把我的仙女屋拆掉，也不可以再写字条。于是我们就去了，我领妈妈看了我所有的仙女屋，除了一个，我试图把它留下来，留作秘密，但是后来被妈妈发现了，她让我把最后那个仙女屋也毁掉。后来我被爸爸用板子打了，还被关了一整天的禁闭。

"我记得，当阿比盖尔的境遇非常糟糕的时候——她不得不在室外的水龙头下面洗澡，不得不使用流动厕所，妈妈整天把她关在壁橱里——这些情况发生时，我们不可以跟阿比盖尔说话。我们要无视她。妈妈用的那个词是'回避'。我们应该回避阿比盖尔。但是后来有一次，我趁爸爸妈妈不在家的时候打开了壁橱的门锁。我们坐在壁橱门旁边的地板上，我对阿比盖尔说，事情变成这个样子，我很难过。她说，无论他们怎样对待我，我都不会屈服。无论他们怎么做，都不能把我击垮。她还说，她对我说，她说，站到我这边来。我说我也想，但是我害怕。然后阿比盖尔说，你可以做一个新的仙女屋。你可以做一个新的仙女屋，这次要把它藏好，藏在没人能看见的地方。于是我在一个秘密的地方做了一个新的仙女屋，没有人发现。我告诉了阿比盖尔，她问我，有仙女来住过吗？她死之后，我感到很内疚，于是我也想去死。"

* * *

休庭了。林肯·斯蒂文斯说，丽贝卡需要一次休庭，所以法官给了她十五分钟时间。然后丽贝卡再次出庭做证，并且花了一个小时告诉法庭，她亲眼看见了所有的事——用鞭子抽、用拳头揍、在室外洗澡、上流动厕所、剪头发、锁在壁橱里。她看到过阿比盖尔挨打，站着和趴着都有过，还被摁在地上打脚底板，用手打，用皮带抽，还有用"爸爸妈妈的打人工具"。她听到阿比盖尔每次被打的时候都会求饶，还听到爸爸挥着鞭子喝道："不许撒谎，服从命令！""起初，"她说，"他们只在晚上把阿比盖尔关在壁橱里，但是后来妈妈开始把她关在壁橱里一整天。阿比盖尔在里面睡觉，在里面吃饭，多数时候吃的都是冷掉的意大利面。她喜欢吃意大利面，但是妈妈会给她吃冷的。妈妈会用壁橱门外的录音机播放《圣经》，试图让阿比盖尔改变想法，但这不起作用。妈妈也烦了，她对我们说，她不想再跟阿比盖尔啰唆了，因为她不合作，不听话。她说她不喜欢阿比盖尔，她不喜欢阿比盖尔，但是她爱她，她爱她是因为她也是上帝创造的人，她对我们这么说：'阿比盖尔是上帝创造的人。'但她有时也对着空气自言自语。"

"我知道这很艰难，"林肯·斯蒂文斯说，"但是现在我想让你说说阿比盖尔死去的那天晚上的情况。你还记得吗？"

丽贝卡："记得。"

斯蒂文斯："从白天开始讲，从头讲。从早晨开始讲，这一天都发生了什么？"

丽贝卡："我们在做家庭作业。"

斯蒂文斯："在哪里？"

丽贝卡："在厨房。"

斯蒂文斯："阿比盖尔也在吗？"

丽贝卡："是的。"

斯蒂文斯："她也在做作业吗？"

丽贝卡:"是的。"

斯蒂文斯:"她中途有没有放下作业出去?"

丽贝卡:"有的。"

斯蒂文斯:"她是自己决定出去的吗?"

丽贝卡:"不是。是妈妈让她出去的。"

斯蒂文斯:"只有阿比盖尔吗?没有其他人?"

丽贝卡:"只有她自己。"

斯蒂文斯:"为什么?"

丽贝卡:"因为妈妈要惩罚她。"

斯蒂文斯:"因为什么?"

丽贝卡:"因为她没有好好做作业。"

斯蒂文斯:"她做错了?"

丽贝卡:"她把数学作业给妈妈看。所有的题都做错了。妈妈说:'阿比盖尔,这些题你都会做。你是故意做错的。'然后她又给了阿比盖尔一份一样的数学题,阿比盖尔又都做错了。妈妈说:'阿比盖尔,这是叛逆行为。请你过来,站到我面前来。'"

斯蒂文斯:"然后发生了什么?"

丽贝卡:"阿比盖尔走到妈妈跟前,在她面前站着。但是后来她抬起一只脚移了一步,然后又抬起另一只脚又移了一步,这样她就不是站在妈妈面前了。"

斯蒂文斯:"接下来呢?"

丽贝卡："然后妈妈叫阿比盖尔出去,待在外面,如果她为刚才的不听话道歉,就可以回来,妈妈还说一小时后会出去检查一下,看看她是不是准备好道歉了。"

斯蒂文斯："你还记得那天的天气吗?"

丽贝卡:"很冷,下着雨。"

斯蒂文斯:"阿比盖尔穿外套了吗?"

丽贝卡:"没有。"

斯蒂文斯:"她在外面待了多久?"

丽贝卡:"她一直在外面,直到她死亡。"

斯蒂文斯:"你或者你的兄弟姐妹有没有出去跟她说过话?"

丽贝卡:"妈妈叫我们不要去。但,其实,我偷偷去了。"

斯蒂文斯:"你去外面了?"

丽贝卡:"我去外面了,我跟阿比盖尔说话了。我对她说,她应该进来,因为外面下雨,很冷。"

斯蒂文斯:"她怎么回答?"

丽贝卡:"她说她能受得了。然后她说:'丽贝卡,跟我一起留在外面。'"

斯蒂文斯:"然后你说什么?"

丽贝卡:"我说我也想,但是我不能,因为我害怕。"

斯蒂文斯:"然后呢?"

丽贝卡:"然后我就进屋了。后来天黑了,她还在外面。"

斯蒂文斯:"你记得当时发生了什么?"

丽贝卡："妈妈让我们所有人都到窗户跟前。我们从窗户往外看,阿比盖尔已经跌跌撞撞,要摔倒了。然后妈妈打开了露台的灯,露台的大灯,打开了窗户。她朝门外的阿比盖尔喊话:'好了,阿比盖尔,继续啊,再给我们表演一下!'然后她对我们说,我们应该笑话阿比盖尔,因为她在逆反。我们照做了。我们全都笑起来。然后妈妈关了露台上的灯,背靠着窗户,说我们都应该转过身来。我们照做了。"

斯蒂文斯:"接下来呢?"

丽贝卡:"我回到了客厅。但我的一个哥哥说:'看啊,阿比盖尔刚刚倒在露台上了。'于是我返回来,从窗户往外面看,看到她撞到了我们家那个大桩子上。然后她爬起来,走了几步,又倒下了,就在露台的右边。"

斯蒂文斯:"那时候灯亮着吗?"

丽贝卡:"没有。是我把它打开的。露台上的大灯。我把灯打开,然后从窗户往外看的。"

斯蒂文斯:"然后发生了什么?"

丽贝卡:"我告诉了妈妈。"

斯蒂文斯:"告诉她什么?"

丽贝卡:"告诉她阿比盖尔是怎么撞到桩子然后摔倒的。"

斯蒂文斯:"她怎么说?"

丽贝卡:"她说我应该每隔十分钟去看她一下。每隔十分钟从厨房的窗户往外看一眼,看看她在做什么。"

斯蒂文斯："你这样做了吗?"

丽贝卡："是的。"

斯蒂文斯："所以你每隔十分钟隔着窗户看一下她。"

丽贝卡："是的。"

斯蒂文斯："你看到了什么?"

丽贝卡："我第三次看她的时候,发现她把衣服脱了。"

斯蒂文斯："在又冷又下雨的室外?"

丽贝卡："是的。她把衣服脱掉了。"

斯蒂文斯："她当时在做什么?你还记得吗?"

丽贝卡："她当时躺在地上,一动不动,身上没有衣服。"

斯蒂文斯："她是仰着,还是脸朝下,还是侧着?"

丽贝卡："脸朝下。"

斯蒂文斯："所以你那时候做了什么?"

丽贝卡："我告诉了妈妈。"

斯蒂文斯："你妈妈怎么说?"

丽贝卡："出去看一下她。'不要隔着窗户看了。这次出去看一下。'妈妈是这么说的。"

斯蒂文斯："然后你是怎么做的?"

丽贝卡："我出去看了她。然后我回来告诉妈妈,她不动了。我说我问阿比盖尔她是否还好,但阿比盖尔没有回答。"

斯蒂文斯："接下来呢?"

丽贝卡："我和妈妈一起出去了。"

斯蒂文斯:"所以你和你妈妈一起走到了外面,阿比盖尔在那儿躺着,没有穿衣服,脸朝下,一动不动——不说话,也不动。你们做了什么?"

丽贝卡:"妈妈试着跟她讲话。"

斯蒂文斯:"她说了什么?"

丽贝卡:"她说:'阿比盖尔,行了,可以了,够了。'但阿比盖尔没有回答。妈妈害怕了。"

斯蒂文斯:"你怎么判断出妈妈害怕了?"

丽贝卡:"因为她弯下腰,把阿比盖尔翻过来,我们可以清楚地看到阿比盖尔没有呼吸了,她嘴里还有泥。"

斯蒂文斯:"然后呢?"

丽贝卡:"我们试着把她抬到屋里。"

斯蒂文斯:"你们是怎么做的?"

丽贝卡:"我们试着把她架起来,但是抬不动。"

斯蒂文斯:"所以你们怎么做的——你和你的妈妈?"

丽贝卡:"我们把男孩子叫来了,他们把她抬进去了。但是妈妈先去拿了一条床单,盖在她身上。"

斯蒂文斯:"为什么?"

丽贝卡:"不让男孩子们看到她裸露的身体。"

* * *

　　诉讼期间,我结识了一个朋友,一个叫乔吉特的女人,她刚刚退休,正想着如何打发空闲的时光,于是突然想到了这个办法——出席一场谋杀案的庭审。有一次,乔吉特朝我这边凑过来,悄悄地跟我分享她的观点("站在那儿的那个警员看上去也就16岁,不过,这年头啊,我也分辨不出来"),休庭时,她还跟我聊了一会儿——聊的是,比如,斯卡吉特县博览会已经开始了,她已经去过了,逛得很累;粉红鲑现在正在河里游;粉红鲑也被称作弓背大马哈鱼;她的丈夫每年都对弓背大马哈鱼跃跃欲试,并乘着流网渔船去钓鱼,我们说话的这工夫,他正在钓鱼呢;今晚,在驼鹿俱乐部,她和她丈夫要参加一个烧烤活动,是年度会员活动的一个项目;还有,所有沿河岸进行的工作都是弗农山振兴项目的二期工程,弗农山的选民已经以微弱优势批准了这一项目,她投了赞成票,因为她喜欢"铺设一条栽满鲜花、挂满绿植,并且夜里有路灯照明的木板路"这样的想法,是该有一个这样的工程了,因为沿河地区正在逐渐衰退。

　　有一次,当一天的出庭做证结束,乔吉特和我推开法院的大门,站在红绿灯旁边等着过马路——我们都试图在午后炫目的阳光下确定自己的方向——这时,一列火车驶过,看不见头的煤车一辆接着一辆,发出刺耳的轰鸣。一个少年蹬着很短的滑板沿S形滑过。在火车道口停下来检查的一辆汽车里,一条狗紧张地盯着一扇打开的窗户。"在这里,生活还在继续,"乔吉特说,"好像里面发生的一切"——她用拇指指了指我们身后的法院——"都不是真的。"然后她说第二天我就见不到她了,因为她要和两个朋友去贝灵汉的格伦回声植物园玩,还在离植物园不远的一家意大利餐厅订了午餐,那里的视野能看见水。

现在,丽贝卡·哈维的证词还历历在目,乔吉特转向我说:"让我直说吧。这个女人的女儿面朝下躺在院子里,一丝不挂。当时是夜里。女孩失去了知觉。这是紧急情况了。这个女人做了什么?她进屋找了一条床单,把它盖在她女儿身上,这样她的儿子就不会看到女儿裸露的身体。这样她的儿子们就不会看到女儿裸露的身体!"乔吉特碰碰我的胳膊,强调她的震惊。"我坐在这里,"她说,"试着让自己站在这个女人的立场上。我走到外面,我女儿的脸埋在泥里,而且是在半夜,还下着雨,她身上没穿衣服。我会怎么做呢?"乔吉特解释说,"就是想象这是我自己的女儿,因为我有女儿。我有两个女儿。我想象这是我的女儿,我就在现场。我想象着,然后问自己:我会进屋去拿床单吗?拿一条床单盖在我女儿身上,因为否则我的儿子可能会看见女儿裸露的身体?如果是我,我会怎么想?咱们推导一下看看。我是为躺在地上的女儿做点什么,还是去拿条床单把她盖上,防止儿子们看到她一丝不挂?这不是什么很难的选择,"乔吉特说,"我根本都不需要考虑这个问题。很可能,我根本没法去想这个问题。我应该在飞快地想:'是应该对她做心肺复苏,还是口对口人工呼吸，还是胸部按压，还是报警，还是坐下来，把她的头放在我的腿上，还是这些全部都做？'因为我会害怕她死去，怕得要死。我会像疯了一样。这将是最最可怕的事。这是我的女儿啊，我的女儿，我的女儿，我的女儿。她的腿上有碎石划的伤口，她的衣服散了一地，湿得透透，她已经在外面待了好几个小时，对我来说，这简直就是噩梦，简直就是世界末日，是最最可怕的事。不，不，不，不，不，不，不，拜托，拜托，拜托，拜托，拜托，拜托，拜托。这不可能。这不可能。我不能让我的女儿这样。此时此刻，我的脑子里除了这个念头，不会有其他任何想法。只想着我的女儿，其他什么也不想。我不会站在那里想：'好吧，她太重了，我和丽贝卡抬不动，所以必须得让儿子们来帮忙，因为他们比我们力气大。但问题是，儿子们过来的话，会看见阿比盖尔的裸体，这对他们不太好，所以答案就是，我会让阿比盖尔继续在地上躺着，让丽贝卡守在旁边，我先进屋拿一条床单回来盖在阿比盖尔身上——那样，我的儿子们就不会看到他们不该看的东西。'我不这么认为，"乔吉特说，"我从来没想到过这个问题。而且你不觉得，"她问，"每个人都会跟我一样？那不就是正常的反应吗？那不就是一个正常人的感受吗？当然了，一般情况下，我想我也不希望男孩子看到女孩的裸体，我不会坐在这里说我愿意。我不是喜欢去裸体海滩的人，也不认为——你懂的——人们可以随便看别人的裸体。我不是在说这个。我是说，这让人难以置信。我是说，我试图站在她的立场去考虑，但还是说不通。"

* * *

丽贝卡·哈维做证完毕后，斯卡吉特县治安官办公室一位负责管理夜间值班警员的警长出庭做证。他说，在阿比盖尔死亡的当晚，一名警员从斯通巷打电话给他，建议他过去一趟，他立马就去了。在哈维家，他看见了一辆救护车、两辆巡逻车，还看见"在房子后面，一个小女孩躺在露台上，医护人员正在对她做心肺复苏"。救护车载着女孩开走时，他就跟在救护车后面到了斯卡吉特山谷医院，并且进去"观察情况，检查，并记录和跟进"。在医院的门厅里，他给治安官办公室调度中心打电话，要求提供一份贝琪·哈维报警电话的录音，并要求一名警员用光盘拷贝给他。他做这些时，验尸官进了急诊室。他跟着验尸官进去，拍了一些遗体的照片。然后，光盘送到了，警长把它拿到楼下的一间办公室，用那儿的一台电脑听了录音。听完之后，他又走到走廊那头的家属等候室，不在大厅里，在安全门后面，他在那里见到了贝琪和德尔文·哈维，还有一名协助家属的官员。警长解释说，他想和贝琪·哈维单独聊聊，因为是她打电话报警的，然后，他和贝琪来到他听录音的那间办公室，经过贝琪的允许之后，他打开录音机，对她做了采访。

林肯·斯蒂文斯播放了警长对贝琪·哈维的采访录音，作为证据之一。我们听到警长先问了贝琪一些基本信息，比如她名字的拼写、出生日期、住址、电话号码、有几个孩子、丈夫姓名、工作单位、收养阿比盖尔的日期。然后他问："是怎么回事？"

"她待在外面。"贝琪回答。

"为什么？"

"她不开心。"

"她为什么不开心？"

"我们从埃塞俄比亚收养的她。她在那里的生活很悲惨。没有吃的，也没地方住，经常生病。然后她不得不住进了孤儿院，所以她在埃塞俄比亚的时候就染上了一些毛病，精神问题，行为问题。我们原先几乎都不知道。我们毫无头绪。"

"好的。"警长说。

"她不配合、叛逆，还有精神问题。"贝琪说，"除此之外，我真的不知道还能说什么。"

"今天晚上，"警长说，"具体到今天晚上。具体到今天晚上，发生了什么？"

"具体到今天晚上？今天晚上，她出去了，一直待在外面。不管我多少次让她进来，她就是待在外面。她跟我对抗。不肯让步。我给上着班的丈夫打电话，跟他说了这件事，他说：'好吧，过一会儿她就冷了，就会进来了。孩子嘛，他们感觉到冷了，过一会儿就进来了。'"

"她为什么不肯进来？是什么原因？"

"原因，"贝琪说，"没有什么特别的原因。就是她的精神问题越来越严重，所以她走到外面，不肯进来。您知道有些人抗议的时候会怎么做吗？您见过那些躺在大街上的抗议者吗？我不停地叫她'进来'，但她一心想要跟我对抗，反正我说的话她是最不愿意听的，如果我让她做A，那她一定要做B，不管天多冷多黑。她非得把自己的抗议坚持到底。"

"我明白了。"

"就像有些人绝食，直到饿死为止，"贝琪说，"就像那样。只是她所做的是非要待在外面，直到冻僵为止。"

"你当时是这么想的吗？认为你女儿出去是想自杀？"

"我认为是这样的，"贝琪说道，"她太叛逆了。"

一位叫伯格的医生出庭做证。阿比盖尔死亡当晚，她是斯卡吉特山谷医院的急诊医生。大约凌晨一点半，救护队的一个队员给她打电话，说他们正在朝医院运一个年轻的女孩，她情况危重，没有反应，也明显没有呼吸，没有血压也没有脉搏，他们对她进行了心肺复苏，并接上了心率监测，想看看能否检测到心跳，但是没有，他们对她做了七次电击，但她仍然没有心跳。这时，救护车抵达了医院，伯格医生接手，但也无力回天，因为这个女孩已经死了。

"我去和家属谈话，"伯格医生做证说，"她的母亲和父亲。急诊科走廊的尽头有一间办公室，是社工的办公室。有人把他们安置在那个房间，我就去那里找了他们。我在那里告诉他们，他们的女儿已经死了。"

"好的，"林肯·斯蒂文斯说，"从贝琪·哈维开始。她当时的情绪是怎样的？"

"很平淡，"伯格说，"她能跟我交谈。她非常健谈。她没有心烦意乱。她没有歇斯底里。想要从她那儿得到信息并不困难。她非常善于表达，非常善于表达，而且她不止一次提到了脸朝下，提到了死者曾经脸朝下在草地上，也就是说她是脸先着地的，她的脸比身体的其他部位都要先着地，哈维夫人对这一切非常坦然。"

"哈维先生的情绪呢？"

"所有的沟通都是哈维夫人说的。哈维先生没有提出问题，也没什么要补充的。但我的确记得，当我告诉他们阿比盖尔已经死亡的时候，他低下头，摇了摇头，好像不敢相信这是真的。"

* * *

法院收来了阿比盖尔的衬衫、内衣、运动裤、鞋子和袜子作为证据——都是阿比盖尔——阿贝巴——死亡当晚穿的。接下来我们便开始看投到屏幕上的幻灯片，看到了哈维家的房子和院子。其中有很多张阿贝巴经常被关禁闭的那个壁橱的照片，还有这个壁橱所在的房间，房间里有两个书柜。壁橱的门只能开到九十度，因为在它的开合半径上立着一个书柜，里面放着克莱夫·斯特普尔斯·刘易斯、约翰·史密斯和劳拉·英格尔斯·怀德的传记，还有《美国女孩娃娃故事集》和《缝制工艺全书》等书，以及盒装的《松莱特科学课程》。另一个书柜里放的是盒装的磁带，包括《建立一个稳固的家庭》和一张精装版的《秘密花园》，书柜的顶层还摆着一张贝琪的新娘照，装在金色的相框里。照片的背景好像一层薄纱，她身上仿佛有一圈光晕。

有一张幻灯片用图表形式描绘了哈维家的房屋布局——卧室、走廊和室内门。看着这张幻灯片，我突然意识到，当阿贝巴被关进壁橱时，她可以透过门缝看到哈维夫妇的卧室，看到我们在法庭的照片里看到的情景：哈维夫妇的床头板上方挂着一幅画，画面里是穿越特拉华州的华盛顿，还有，在床的一侧的角落里，立着两根粗壮的棍子、一把带鞘的短刀，还有一柄木剑。

我坐在审讯室里，忍不住问自己：谁会把华盛顿穿越特拉华州的画挂在自己的婚床上方？他们为什么要把它挂在那里？为什么是这幅画呢？这幅画大家都很熟悉，在黎明时分，在冰雪覆盖的河流上，在一众船夫之中，华盛顿面色冷峻，英勇无畏。为什么挂在床头板上方的是这幅画，而不是别的东西呢？可是我想不出什么合情合理的答案。我也明白，这个问题并不重要。我对床头板上方的画感到好奇，只是对奇怪信息的一种反应。我只是出于习惯，想要挖掘其中的含义。因为我们努力想要理解事物，从而对其危险性进行评估。床边的棍子、带鞘的短刀和木剑——我想，它们暗示着一种危险，如果德尔文和贝琪睡在床上的时候遭到敌人袭击，那么它们就是能够随手拿起的武器。

* * *

一位验尸官出庭做证，证实在阿比盖尔死后十二个小时，他被叫到了斯卡吉特县的停尸房。在那里他听一名警员简单介绍了情况，他发现死者身高一米六[1]，体重三十五公斤[2]，肉眼可见的消瘦，原因可能是营养不良。之后他通过观察她胃里的残留物证实了这个推断——她的胃里有一些种子和谷物，但主要都是液体，这表明她在生命的最后一天吃得很少。林肯·斯蒂文斯随后关掉天花板上的灯，将验尸照片投到屏幕上（我前面提到的哭声就是这时候发出来的——就是招来拉斯穆森法官训斥的哭声），我们听着验尸官向我们解释眼前的画面。"初步看这张照片时，我发现了一点，"他说，"稍后的其他照片将显示更多的细节，那就是左侧额头擦伤的表皮下有一个瘀青。这里是右侧额头和鼻子上的一些小一点的擦伤痕迹。右侧盆骨这里有一个擦伤，两侧的胳膊肘、右大腿、左大腿还有小腿肚上都有伤。你们还可以看出死者的身体异常地瘦，肋骨都露出来了。她的脸是枯瘦的。死者的头发被剃得只剩下一厘米[3]。"随后，公诉人又展示了十张照片，都是同样的狰狞和可怕，然后是第十一张，阿比盖尔的左大腿。"在这里，"验尸官说，"我看到一种不一样的伤，伤痕

---

[1] 五英尺三英寸。
[2] 七十八磅。
[3] 不到半英寸。

是一种典型的模样。伤痕很长，两侧的边缘发红，中间发白。当人的身体被任何狭长的物体击打时，都会出现这种伤痕——皮带啊，绳索啊，树枝啊——这些东西击打身体，会使该区域的毛细血管破裂，于是血液被压向着力点的两侧，就会出现这种红红的印子，而中间部分是没有瘀青的，因为这里已经没有血液，皮肤也就不会变颜色。因此，这个伤痕就能显示出用来击打的物体的轮廓，这里有四处明显的伤痕，是由一些物体击打大腿之后留下的。"

林肯·斯蒂文斯问是什么样的物体。"就像我刚才说过的，"验尸官回答，"任何狭长的物体都有可能，比如带子、绳子，只要能像鞭子那样抽打，都能留下这类伤痕。"

"你看到四处？"

"到目前为止看到四处。我们可以放下一张幻灯片。"下一张幻灯片放上去了，验尸官继续讲，"这一张显示的是小腿肚。这里是脚踝——右脚踝，左脚踝。照片里看不到脚。膝盖就在照片的右手边，也没照进来，所以我们现在看的是小腿肚。这里显示出来的伤痕，有些跟我们在前面的照片里看到的左大腿上的伤痕一样明显，有些则没那么明显。就像我刚才描述的那样，这种击打造成的伤痕有时候很明显，有时候不明显，取决于击打的力度和角度。总而言之，我在这里看到了十处类似外观的伤痕，大多数是水平的，或者几乎是水平的。有一个是在右小腿肚上，就是我现在所指的地方。这是第二处。跟我现在所指的第三处稍有重叠。下一处我可以确定的，可能是左小腿肚最上方那里。我现在指的是另一处,腿下面这里。这里是位置最低的两处,我现在指的这里,还有这里,在左腿下方。所以这几处都跟左大腿上的那处伤痕外观相似,我数了一下,一共有十四处,我相信死者至少被打了十四下。"

"医生,在你检查死者的尸体时,对于这些伤痕是什么时候发生的,你有什么想法吗?"林肯·斯蒂文斯问。

"有的,"验尸官回答,"在我看来,发生在她死前的几分钟或几个小时。"

* * *

一位生理学家出庭做证。她专门从事环境医学研究,有12年作为搜救队医疗人员的经验。她告诉出庭人员,体温降到35摄氏度[①]以下时,就会发生失温,最初的症状是剧烈的寒战,肉眼可见的持续的剧烈寒战,等到了心跳和脉搏失常或者有节奏地颤抖的程度,就已经没办法了。人体有自己的系统,她说,这是不由受害者控制的,起初受害者会感到不安,他们一开始还是神志清楚的,但是渐渐感到麻木,会对自己的处境感到恐惧。她告诉大家,在这个阶段,是能意识到危险的,但是很快意识就会变得混乱,于是受害者对于危险的认识受到削弱,开始出现幻觉,仿佛

---

① 九十五华氏度。

进入了梦境,而现实则断断续续地浮现。这种时候,受害者会间歇性地与现实抗争,他们会抱住自己,或者把手塞到腋下,或是跑到有遮挡的东西下方寻求庇护,或者试图在雪地里挖一个洞,或者钻进灌木丛,或依偎在树叶里,但是这些措施都会不可避免地结束,在此之后,受害者的所有行为都会显得不合逻辑。他们跌跌撞撞,摔倒,手脚并用地爬,口齿不清,还有——有的时候——还会把衣服脱掉。这是什么情况?情况就是他们的血管遭到挤压,然后凝滞,首先是脚和手,然后是前臂和小腿,然后是大腿和胸脯的上半部分——然后,他们的器官一个接一个地失去血液供给。最后只剩下大脑,但是很快,大脑也被冻住了,没用了。"还有,"生理学家说,"不要以为这个过程很平静。你不会因为体温过低,就蜷起来做梦。我们及时救回来的受害者说,当时还是很痛苦的。有一个人告诉我——他是我们救下来的一个登山者——他当时非常清楚自己的体温已经过低,但他仍然相信自己能够爬到山顶。没过多久,他明白自己已经不动了,他动不了了,他爬不到山顶了。他说,他感觉自己的身体好像着火了一样,想把衣服全都脱光。"

　　斯蒂文斯:"告诉我,我们拿两个人来对比,一个人身体健康,吃得好,身体脂肪含量正常,另一个人异常地瘦,而且营养不良,哪一个更有可能死于失温?"

　　证人:"瘦且营养不良的那个。"

　　斯蒂文斯:"为什么?"

证人:"这里有一个很明显的逻辑。如果你很瘦,那么相对体重而言,就有大量的皮肤暴露在寒冷中。因此,你就不能有效地抵御寒冷。你的四肢根本没有足够的脂肪或者肌肉。你的身体被迫进行动脉收缩——也就是将血液输送到重要的器官,而牺牲掉四肢。"

斯蒂文斯:"本案中的死者身高一米六,死亡时体重为三十五公斤。像她这样身高的女性平均体重应该在四十七到五十七公斤之间。我的问题是,本案中的死者体重三十五公斤,她是否比体重处于正常区间的女性更容易发生失温的状况?"

证人:"是的。当然。绝对的。"

* * *

第七天。哈维家的三儿子鲁本出庭做证,他长得挺结实的,因为正处在青春期,嗓音粗粗的。鲁本在家里的绰号是"嘘王",他的回答只有只言片语,明显表达着一种对抗的态度。林肯·斯蒂文斯问他:"你会如何描述阿比盖尔的行为?"鲁本回答说:"不听话。"斯蒂文斯问:"你能举一个例子吗?"鲁本回答:"不能。"之后的很长一段时间,鲁本对所有问题的回答都是"我不记得了"。但随后斯蒂文斯拿出几个月前的一份证词,当时的鲁本很配合,斯蒂文斯用这份证词来敲打鲁本,问他:"你是否记得自己说过,你父亲把阿比盖尔的头发几乎全部剃光了,因为她把草割得太短?……你是否记得自己说过,你曾三次看到阿比盖尔把一大堆石头从一个地方搬到另一个地方,作为对她的惩罚?……你是否记得自己说过,你曾四次看到阿比盖尔绕着你们家的院子连续走了两个小时,也是作为惩罚?……你是否记得自己说过,你看到父亲在阿比盖尔被关禁闭的壁橱门上装了一把锁?……你是否记得自己说过,你看到父亲安了一根柱子,让花园的长水管能挂在上面,让阿比盖尔在下面洗澡?"最后,证人席上的鲁本是否什么都不记得,已经不重要了。斯蒂文斯用他自己的口供成功对付了他:"你是否记得自己说过,那天晚上你看见妈妈出去了?……你是否记得自己说过,你看到阿比盖尔摔倒了四次,其中两次是摔在碎石上?……你是否记得自己说过,你看到你母亲在外面打阿比盖尔?你是否记得自己说过,她使用了一条水管,也就是现在的第六十九号证据?……你是否记得你在自己的证词中说过,你母亲在外面打阿比盖尔的时候,阿比盖尔哭了?……你是否记得自己说过,你看到母亲用水管打阿比盖尔的腿肚,特别是她的小腿肚?……如果你不记得,鲁本,请翻到你的证词记录的第十四页读一下,从第十六行开始,读到这一页结束。大声地读。"

通过这种方式,鲁本做了证——很不情愿地。他那粗粗的青春期嗓音开始还抑扬顿挫,很快就变得沙哑起来。

斯蒂文斯:"所以,你妈妈拿着床单出去了。"

鲁本:"是的。"

斯蒂文斯:"然后她让你和你的两个哥哥也出去了。"

鲁本:"是的。"

斯蒂文斯:"你记得接下来发生了什么吗?"

鲁本:"我的两个哥哥、我妈妈,还有我,把阿比盖尔抬进屋了。"

斯蒂文斯:"然后呢?"

鲁本:"我妈妈试了试阿比盖尔的脉搏。"

斯蒂文斯:"怎么试的?"

鲁本:"用手指。"

斯蒂文斯:"然后呢?"

鲁本:"她说她摸不到脉搏了。"

斯蒂文斯:"然后呢?"

鲁本:"她给爸爸打了电话。"

斯蒂文斯:"然后呢?"

鲁本:"她按照爸爸说的,打了911报警。"

* * *

迈卡·哈维个子很高,走起路来步子很大,但是东摇西晃的。他的眼镜腿上拴着挂绳。眼镜的镜片很厚,既把他的瞳孔放得很大,又使之显得浑浊。在证人席上,迈卡时不时地检查自己的领带结,或是试着把领带结往上拉,顶住突出的喉结。领带两端的尖头垂在他的皮带扣上方。他的下巴上有窝,下巴有点往后收,跟他父亲一样。他的耳朵贴着脑袋。他戴着牙套,于是说话的时候口齿有点不清晰,而且经常垂着头。有时他的嘴唇在动,但却没有声音。有时他在回答问题之前会捏捏鼻梁,有时会摁住眼镜。他不得不告诉林肯·斯蒂文斯,在阿比盖尔死亡的那个晚上,他受母亲之命,拿着水管去了外面,说到这里,他哽咽了。

"好吧,"斯蒂文斯说,"那阿比盖尔当时在做什么?"

迈卡:"她就站在那儿。"

斯蒂文斯:"你做了什么?"

迈卡:"我……"

斯蒂文斯:"别着急,慢慢讲,迈卡。"

迈卡:"我打了她。"

斯蒂文斯:"具体打的哪儿?你打在她哪个地方?"

迈卡:"在小……小腿上。"

斯蒂文斯:"你打了她几次?"

迈卡:"五次。"

斯蒂文斯:"为什么是五次?"

迈卡:"因为是妈妈叫的。"

斯蒂文斯:"在这之后呢?"

迈卡:"我就进屋写作业去了。"

* * *

哈维家最大的孩子以西结在他18岁生日那天参了军,当时离审判开始还有九个月。他收到了传唤他做证的令状,被准假回来,现在他也在现场,穿着熨烫过的蓝色牛仔裤、短袖格子衬衫、白袜子和船鞋。以西结一板一眼地走过法庭中间的过道,坐到了证人席,一副老成的样子,我认出他就是哈维夫妇被提审那天,坐在祖父母中间的那个表情痛苦的男孩。不一会儿,有人问他有没有见过父母吵架,他回答说:"当然有。虽然他们非常擅长背着我们吵。"

以西结坐在椅子上转了一下身。他摸了摸自己的寸头。他的眼睛亮闪闪的。他的脸变成了粉红色。"可以说,随着时间的推移,他们的争吵变得越来越频繁,"他说,"而且那些争吵集中在不听话的行为和可能需要采取的惩戒措施上。可以说,在收养阿比盖尔之后,权力的平衡、权力的结构逐渐瓦解了。我没法说瓦解到什么程度。我没法准确地说到底是怎么瓦解的,但是刻在我脑海里的印象就是这样——有些事情发生了变化。"

斯蒂文斯:"什么变化?"

以西结:"权力的平衡。"

斯蒂文斯:"比如说,你的父亲一直是一家之主,你的意思是说,这种情况似乎发生了改变,对吗?"

以西结:"对。"

斯蒂文斯:"你是说,你的母亲变成一家之主了?"

以西结:"不是。"

斯蒂文斯:"你能帮我解释一下吗?那你指的是什么?"

以西结:"我是指发生了改变,随着阿比盖尔的问题越来越严重,在做管教方面的决定时,母亲就成了说话更有分量的人。"

斯蒂文斯:"比你父亲说话还有分量?"

以西结:"是的。"

斯蒂文斯:"你的父亲失去了决策权?"

以西结:"没有,但是分量越来越弱了。"

斯蒂文斯:"而你母亲的权力越来越大?"

以西结:"是的。母亲的权力更大了,倒不是说她原先说话没有分量。她一直很强势。她一直很强势,但是阿比盖尔来了之后,她更加强势了。她好像得到了更多的权力,但是父亲呢,他好像有点束手无策。"

* * *

四十分钟后,以西结已经歇斯底里,几乎没法正常说话了。他原本一板一眼、正式的措辞已经溃不成句,他气喘吁吁。林肯·斯蒂文斯问得他几乎要垮了,脑袋已经不听使唤。他一会儿抽泣,一会儿用手托着脸,但他还在硬撑,而且每隔一段时间就会再次打起精神,对先前的叙述进行补充。他抽抽搭搭地说,在阿比盖尔死亡的那个晚上,他完全按照母亲的要求,用水管在阿比盖尔的小腿上抽了十二下。她哭了,他按母亲的要求命令她进屋。当阿比盖尔拒绝时,他又抽了她十二下,都是按照母亲的指令打在腿肚上。他再次命令阿比盖尔进屋,她再次拒绝,于是他便放弃了,回到屋里隔着窗户看阿比盖尔,水管还握在手里。

  他告诉法庭,她走了十到二十步,然后就开始摔倒了。"而且不像平常的摔倒那样当场倒下,而是一种往前扑的动作,就像在水滑道上滑行一样。她会摔得四肢着地,然后再爬起来。然后走两步,再摔一次。有时她会跪着往前爬,爬上一两下,然后再站起来。但是大多数时候,她会倒在地上,然后立刻再爬起来。她摔在碎石上,摔在我们房子后面的石板上,摔在走道上,还有后边的露台上。她不停地摔倒,额头重重地撞在水泥地上。然后妈妈也到窗户跟前来看,她对我说:'危险了。阿比盖尔得马上进来。'她走到露台上,我也去了,她说:'阿比盖尔,道歉,然后进来。'阿比盖尔只是望着她,于是妈妈把手伸到阿比盖尔的腋下,试着把她架起来,然后阿比盖尔就瘫倒在地,完全没了力气。妈妈仍然试着把她抬起来,但是阿比盖尔瘫在那里,她没法抬。我还记得妈妈抓住阿比盖尔的衬衫后襟,还是弄不动。于是她说:'我们回屋,去把迈卡叫来。'我们就去叫了迈卡,然后她叫我们俩,叫我和迈卡出去,一边一个,架着阿比盖尔的腋窝把她抬起来。但是首先,我得先出去脱掉阿比盖尔的鞋和袜子,因为她的膝盖上都是伤,血淋淋的,衣服也被雨淋透了，雨水滴下来，把鞋子上溅得血迹斑斑，所以我得在她进屋之前先脱掉她的鞋。不过，妈妈跟我说，我必须先戴上乳胶手套。我必须这么做。所以我就戴上了，然后我走到外面，跪在阿比盖尔旁边，脱掉她的鞋和袜子，她没有反抗，也没有任何反应，只是站在那里。我当时觉得有点怪异，就像做了一场噩梦，跪在那里脱她的鞋，脱她的袜子，直到她光着脚，我知道有点不对劲。但是，最后我还是脱掉了她的袜子和鞋。妈妈隔着窗户朝我喊，让我绕到房子边上，把她的鞋和袜子扔到垃圾桶里。于是我照做了，然后，等我回来的时候，迈卡已经在那里等我了。我们走到阿比盖尔所在的地方，她正倒在露台的野餐桌后面，躺在地上，那里光线不是很好，但我可以看见她把裤子和内裤都扒到了膝盖下面，她抬头望着我，我能看见她的身体，迈卡也看见了，他转身就走。我朝妈妈喊，阿比盖尔在露台上，下半身光着，她说：'好了，就这样吧，我受够了！如果她想待在外面，那她就待在外面好了！你进来吧！'于是我就进去了——但我首先看了看阿比盖尔。当时正在下雨，天很黑，情况有些混乱，所以我暂时把妈妈的话抛在了脑后，我看着阿比盖尔，看着我不应该看的地方。我对阿比盖尔说：'阿比盖尔，进来吧。现在就进来吧。进来吧。忘掉一切，进来吧。求你了，进来吧，你必须进来。'我盯着她……盯着她……盯着我不应该看的地方。我想做的是，我想跪在那儿，搂着她，把她抱在怀里，但我没有那么做。可能过了五秒钟吧，我一直在盯着她的私处，妈妈又喊起来：'现在就进来!她要是想待在外面,就待在外面好了!'于是我就进去了。这时,妈妈正在厨房的窗户旁边,仰头望着天花板,低声说着:'我爱阿比盖尔,因为上帝创造了她;我爱阿比盖尔,因为上帝创造了她。'等她看到我,便停了下来,问我:'你看到她的私处了吗?'我说是的。妈妈说,我不应该看,我第一次看见女性的私处应该是在我的新婚之夜,然后她就给我上了一课,或者说是讲道吧,讲了三四分钟,与此同时,阿比盖尔仍然躺在野餐桌旁边的地上,下半身光着。"

* * *

以西结的证词结束了当天的诉讼。出门时,我在父亲的肩膀上拍了两下,告诉他我在法院三楼等他,那里很安静,我会坐在大厅的长椅上,等他准备好了,就开车回家。然后我离开了,爬上楼,来到了大楼里一个向来安静的地方——一个宽敞的大理石大厅,一尘不染,擦得锃亮,四周都是门,还有防止偷看的磨砂窗,灯下的墙上挂着退休法官们的肖像——我坐了下来。这时已经过了四点半。周围没有人。审计员和县政职员的办公室已经关门了。县政府的各项工作都已暂时结束,明天再继续。今天的温度越来越高,有三个无声的风扇把热浪吹散,还在平稳地运转着。我不知道该想些什么,感觉空落落的,这种时候,我通常会做一件事——给艾莉森打电话。于是我打了过去,我在电话里告诉她，首先，我爱她，然后我跟她说了以西结说的话——他想跪下来，把阿贝巴抱在怀里，他知道有些事情是不对的，还有他不得不戴上乳胶手套，把阿贝巴的鞋扔进垃圾桶，他用那样的方式看着她，对他这个年纪的男孩来说，那是噩梦般的场景，作为一个儿子，他听从母亲的命令，走到漆黑的外面，在雨里抽打这个女孩，抽打被领养的妹妹，先是抽她的小腿十二次，然后又抽她的背部，所有这些的指导原则都是：他这样做，是为了帮助父母防止她下地狱。听到这些，艾莉森问我："你还好吗？"

挂断电话后，我继续坐着。一位警员走了进来，腰上别着手枪、手铐，还有警棍，他说再过十五分钟法院就要关门了。警员下楼了，父亲一手拎着公文包，一手拎着麦片袋上来了。父亲穿着他处理专业事务时一贯的着装——一套涤纶西装，一条夹式领带，还有看起来总是很松的吊裤带。他在我旁边坐下，叹了口气，垂下头，至少有整整一分钟，我们俩都没有说话。我们什么也没说，因为我们懂。我们知道彼此的沉默意味着什么——知道什么时候是此时无声胜有声。我们坐在那里，分享这样一个不言而喻的结论：这个案子的一切都令人悲哀，而且你很容易就可以从这个案子的点点滴滴中看见人性的悲哀。这并不是说我和父亲在那一刻成了悲观主义者，抑或甚至都算不上现实主义者，只是我们当时感到无比震惊，并且感觉到，我们知道得越多，理解得越少。虽然我们一句话也没说，但我知道他在想这些。

"我不是精神病学家，"终于，父亲开口了，"我对精神病学一无所知。但我要告诉你我对德尔文和贝琪·哈维的看法。现在我们已经听取了他们四个孩子的证词,其他几个孩子太小,还不能出庭做证。我认为德尔文想吹陶笛,但他同时也是一个虐待狂。我认为,当阿贝巴拒绝服从他们家的家规时,他决定假装自己只是在服从贝琪的领导。我认为他对于自己喜欢惩罚孩子的事实感到羞愧。再来说贝琪。她非常清楚地知道,在阿贝巴死亡的那个晚上,她多多少少有点希望她死掉。她当时是知道的,现在也知道。她当时想,阿贝巴死了虽然不好,但只是暂时的。时间会流逝,然后一切都会恢复到以前的样子,完美,并且在她的掌控之中。现在,贝琪永远不会承认这一点。她不会对我,也就是她的律师承认,她对任何人都不会承认。这是她的秘密,是藏在她心底里的事。这是很可怕的,可怕到很多人会说服自己不要去做这样的事——就像阿贝巴死亡的那天晚上,贝琪的感受。事实是,人们做是一套,想是一套,说又是一套——事实可能跟他们对自己的看法大相径庭,以至于他们向自己否认这一切曾经发生过。他们为自己编造一个故事,在这个故事里,他们并没有什么不好的想法,也没有做错什么说错什么,而这个故事在他们眼里变得像真的一样,真到他们会为它辩护到最后一刻,即使现实世界中的事实并非如此。他们骗自己,因为如果他们不这样做,他们就不得不承认自己并不是原本心目中的那个好人。或者,就贝琪而言,不是一个完美的人。如果他们不回到犯错的那一刻,把那个错误永远抹掉,假装它从来没有发生过,那么他们将不得不接受自己真实的样子，接受自己真实的行为。他们将不得不接受自己是有缺陷的，是有人性弱点的。你想啊，对信奉基督教的人来说，其实这并没有那么难。"

"对了，"父亲说，"你还记得法庭上播的那段录音吗？在阿贝巴死后几小时，贝琪在医院和一名警员谈话，她告诉他，她认为阿贝巴是想自杀。在她看来，阿贝巴的行为类似于绝食抗议。换句话说，贝琪是了解其危险性的。她清楚地知道阿贝巴可能会死。然而，尽管如此，她还是继续要求阿贝巴先道歉，然后才能进屋取暖。这让我对贝琪的心态有所了解。她知道阿贝巴可能会死在外面，但是并没有尽她所能去阻止这样的事发生。在那个节骨眼上，她没有这么做。但是后来，她开始感到良心不安了，于是派儿子们去带阿贝巴进来。事情到这里本来应该结束了。在这个时候，她的良心本来已经可以占上风了。但是，不幸的是，并没有，因为当她的儿子向她报告说阿贝巴脱了裤子时，贝琪的良心又不占上风了。她让儿子把阿贝巴留在外面，半裸着躺在地上，而几分钟前她还对儿子说，情况很危险，需要立即把阿贝巴带进来。对我来说，本案的关键时刻就是贝琪叫儿子进屋，却没有让他把阿贝巴带回来的那一刻。"

父亲顿了顿，摇了摇头，咬紧了牙关。"那这是什么呢？"他问，"这不是一级谋杀，因为没有预谋。贝琪并没有计划让阿贝巴死亡。相反，她利用了事态的发展——证据告诉我们的似乎就是这样。这是二级谋杀吗？在二级谋杀中，不一定要有预谋,但是一定要有意图。贝琪有意图让阿贝巴死亡吗？可能说得通——或许可以说,当她让儿子进来,把阿贝巴留在外面时,她完全是打算让阿贝巴死掉的。或许吧。但是斯蒂文斯并没有拿这个做文章,他用的是虐待致死。他想表达的是,是有因果关系存在的——阿贝巴死亡,是因为她遭到了虐待。而且,事实是,我认为这个论证是立得住脚的。有两个原因。其一,验尸官指出,在阿贝巴死亡的那天夜里,她异常地瘦。她有过被禁食,而且参考她的年龄,她的体重过轻。其二,就失温做证的生理学家指出,营养不良的人比吃得好的人更容易发生失温,他们没有足够的体重来抵御失温。把这两条放在一起,虐待致死的理由就有了。这就是斯蒂文斯在对陪审团做最后发言时将要指出的,我也不认为这里还有什么能够反驳的余地。我认为,如果正义得到伸张,贝琪和德尔文·哈维将被认定为有罪。你知道吗？本来就应该是这样的。"

但他似乎心烦意乱。他摇摇头,然后把胳膊撑在膝盖上,头沉了下去,说:"让我休息一分钟,就一分钟。"

我猜想他是需要一个人静一静。若是换了旁人——比如,艾莉森——可能会选择更亲密的举动,比如把一只手搭在他的肩上或者放在他的背上。我不会责怪他们,现在回想起来,我也希望自己当时会那样做,因为你永远不知道究竟应该如何。但是,不管怎么说,当时的我认为他只是需要一个人待一会儿,所以我就让他一个人坐在那里,走开大约十米远的距离,倚在宽敞的楼梯间里，拿着手机以便查看时间。然后我也低下头，就像父亲那样，看着地板，等待整整一分钟过去。

等我回到长椅那里，父亲一动不动。公文包和麦片袋在他腿上。他的头抬起来了。他睁着眼睛。乍一看他好像是在沉思，再看看又好像很茫然，再看看就好像被催眠麻痹了一般。我想在他面前挥挥手，看看他会不会眨眼，但又打消了这个念头，因为我当时相信，或者说希望他只是有心事，或者是开始出现了眩晕的症状。然而，过了一阵，父亲依然纹丝不动，好像被定住了一样，持续了很长时间，我感到不安起来，最后我真的在他面前试探性地挥了挥手，却没有引起任何反应——他连眼睛都没眨一下——我又挥了挥手，然后不得不意识到父亲正在迈入鬼门关，具体是什么样的鬼门关，我还说不上来。这时，他的身体抽了一下，向左歪倒，要不是我伸手托住他，他就摔在地上了。此时此刻，我依然托着他。

审讯之后

在斯卡吉特山谷医院待了两小时之后，父亲虽然还在急诊室，但已经从昏迷中醒来一段时间，能开口说话了。他说："你能把我的鞋拿来吗？"不一会儿，我母亲、艾莉森、丹妮尔还有丹妮尔的丈夫伦纳德也赶到了，可惜当时父亲的眼睛已经又合上了，而且后来再也没有睁开过，他再也没有开口说过话，也没动弹过，除了眼皮、手指和脚趾时而抽动，除了胸脯上下起伏，还有咽部间歇性地跳两下。所以，他留在世间的最后一句话就是："你能把我的鞋拿来吗？"我当时答的是："爸——"然后他又陷入了昏迷。

到了后半夜——因为，虽然医院里的一切都进展缓慢，但变化却从来不会停止——父亲被转移到了重症监护室，要上呼吸机了，面对这一情形，母亲从手提包里拿出一张折好的纸，是父亲写的《告医生书》，他在里面声明，"在头脑清楚之时"，决意并自愿要求，不要人为地延长他的生命，允许他自然地离去。母亲拿出这份文件之后，父亲再一次被转移，这次是去了另一个房间,房间的门通向两个走廊的交会处,是一个双人间。房间隔帘的后面,另一个人正在死去。窗户在她那一侧。在守夜期间,她的家人得从我父亲的床脚经过。我们在走廊里一起干等,于是不可避免地对他们有了一些了解。他们家姓瓦加斯。瓦加斯夫人已经做透析很多年,现在因为肾衰竭,已经快不行了,她的两个儿子、儿媳还有孙辈来来去去,女儿则一直守在这里,默默地坚持着。我们两个家庭的互动有些微妙,同时又很温馨。我们和瓦加斯一家理解彼此的感受,如果换在别的场合,这种理解是不可能发生的。各种大大小小的事,我们互相感同身受。我们仿佛正在一起远航,驾船的是医务人员。我们仿佛肩并着肩靠在栏杆上,驶过一望无际的深海。虽然我们也会聊点别的,比如医院自动售货机里卖的东西之类,但是我们同病相怜。后来,瓦加斯夫人去世了,她的遗体被推了出去。运送遗体的担架床从我们面前缓缓经过,给了死者应有的肃穆和尊重。在靠窗的那一边,瓦加斯夫人的女儿迅速收拾好她母亲的遗物,塞进袋子里,并在永远离开这间病房之前对我们说,她祝愿我们一切顺利,并会为我们祈祷。几分钟后,丹妮尔把隔帘拉开了,房间变大了,也更亮堂了。第二天晚上,丹妮尔和伦纳德的三个孩子都到了——一个从在塞拉利昂的维和部队赶来,另外两个分别从蒙大拿州和俄亥俄州的大学里过来——父亲的呼吸慢了下来,变得微弱,然后停止了,很快,他也和瓦加斯夫人一样,变成了一具遗体,也将被推往太平间。

于是我做了和瓦加斯夫人的女儿一样的动作——那就是，收拾好某人在这个世界上最后一站的遗物。其中包括父亲塞在公文包里的麦片袋，我还在包里发现了与哈维案有关的一些文件——律师动议、对动议的裁决、被告的辩诉状、宣誓证词、证人名单、事件报告、访谈笔录、修订清单、调查说明、意向书、记录申请书、延期命令、披露申请书、日程备注、逮捕证、传票、听证会记录。我坐在那里，翻着那些文件。我流泪了。

后来，我们躺在床上，关着灯，窗户开着——我时而清醒，时而沉睡，思绪万千——艾莉森轻柔地唱着——

　　艾莉森，我知道这个世界正在毁灭你。
　　艾莉森，你的目标是真实的。

——她故意唱错了歌词，在我们的婚姻生活中，在很多场合她都会故意把歌词唱错，尽管这一次，面对父亲的离世，唱错歌词不再是一种幽默，而是一种感伤。她唱的是一段我们经常一同回味来逗乐的趣事，这件事已经过去很久了，当时父亲也在场——父亲、母亲、艾莉森还有我要到斯诺夸尔米山的那一边去看望父亲的兄弟桑代克，路上，我们去了山口的一家煎饼屋餐厅吃早饭，父亲突然说："嘿，艾莉森，我昨天上班的路上摆弄收音机，碰巧听到这个歌手在唱歌，他一直在唱你的名字，所以我就听了一下。他唱的是：'艾莉森，我知道这个世界正在毁灭你。艾莉森,你的目标是真实的。'我就想啊,唱得没错啊,这个世界正在毁灭你,但是你的目标是真实的,如果你明白我的意思的话,某种程度上,以一种轻松的方式。"此刻,我们两个人以这种方式回忆父亲,最后这两句限定语就成了我的回答。我躺在床上,在艾莉森的歌声中半睡半醒,我对她说:"某种程度上,以一种轻松的方式。"她回答:"我想念你爸爸,也想念其他所有人,其他所有我认识的已经去世的人。"

* * *

母亲为父亲安排了火化。在此之前,负责火化的那家公司试图向她推销一个带旋盖的青铜骨灰盒,然后又推销了一个朴素一点的锡镴骨灰盒,并且反复强调他们提供刻字服务,还给了她附近几家骨灰堂的电话号码,但是最终,母亲让这家公司把父亲的骨灰放入了伦纳德在自己家的车库里做的一个盒子,她告诉销售人员,因为伦纳德是她的女婿。

伦纳德做的骨灰盒有一种沉静的美,那种美不在于纷繁的装饰,而在于各种比例的协调,在于他对木材纹理的体现以及极佳的木作手艺。他用的木料是一种深色的雪松木,这种木材要在自然稳定的环境下生长多年。伦纳德是水泥承包商,长年出入各种建筑工地,他从工地旁边的废料堆里搜罗了各种各样的废弃木料,把它们收集起来,比如看得见年轮的枫树干分支,还有纹理紧致的桤木、长条紫杉，以及一节节光滑的橙色浆果鹃木。这些都不要钱。伦纳德的车库里有一台很老的带锯，还有一台高级刨机，当然了，还有一台挺宽的推台锯，这就意味着两点：他的车库并没有停车的地方；同时，他的车库里密密麻麻挤满了木材加工设备，几乎连他自己下脚的地方都没有了。然而，就在这间又小、又挤、又乱的车库里，他利用闲暇时间做出了高水准的橱柜和家具。伦纳德做木工活儿的时候喜欢开着收音机，几乎永远在播体育赛事，他几乎不听，但是喜欢拿它当作潜心研究木工活时的背景音。总而言之，说回伦纳德为我父亲做的骨灰盒，他从粗糙的木头开始，刨平，根据木工杂志上一个装纪念品的盒子的制作指南修改了尺寸，还加了一个带衬垫的密封盖，盖子用黄铜五金固定，表面还刷了三层亚麻籽油。这个类似圣骨匣的东西最后被放在母亲的起居室里，放在我的外祖父母送给我父母的一张书桌上，那是我出生那年，我父母买下他们的第一所也是唯一一所房子时，外祖父母作为乔迁之喜送给他们的。我原以为伦纳德的盒子只是临时放在那里，暂时过渡一下，但是母亲说，她打算就这么放着了，至少目前是这么打算的，也许将来的某一天她会把它移走，但是谁也不知道是什么时候，也不知道会移到哪里。眼下她没法考虑这个问题，因为装在伦纳德的盒子里的骨灰是她丈夫在这个物理世界中所留下的全部，因此，若是将它们移到别处，则意味着进一步的失去——或者，用母亲的话说，是"新一轮的悲伤"——母亲又补充说，其实没有必要换地方，因为此事的决定权就在她自己手里,这样的悲痛是可以避免的,尽管将来会有那么一天,我和丹妮尔将不得不安置父亲和母亲的骨灰。母亲明白这一点,也不喜欢把这个任务丢给我们,让我们一边处理她和父亲的各种遗物,一边还要安置骨灰,除此之外不可避免地还要处理关于他们房子的财务和法律事宜,哪怕那些事很简单。因为即使再简单,父母死后都会有令人头痛的遗嘱认证以及很多世俗而又麻烦的任务。她知道这些,是因为我的外祖父母去世时,她就料理过这些事——这些都是我们站在她的起居室里,思考如何安置伦纳德制作的雪松木骨灰盒时,母亲对我说的。

我们在沃灵福德社区租了一个礼堂,距离茶馆三个街区,邀请了120人前来参加我们称之为"悼念和庆祝"的活动。我们将这两个词放在一起,是因为对于深爱父亲的我们来说的确如此,我们认为,虽然死亡令人难过,但他毕竟活到了八十多岁,死去时没有痛苦,也做了他想做的事,直到生命的最后。我们哀悼他,这自是不必说,所有的人都会哀悼他——因为他已经离我们而去,我们怀念他在我们身边的日子,怀念他的音容笑貌,怀念他的灼见真知,当然,怀念他所有的一切——但是,我们并不打算让未来的生活与过去有什么不同,或者说,我们认为生老病死本就是人类永恒的常态,我们并不会认为他的死去是一种不公平,然后愤慨地对着老天挥拳头。不,事情不是这样的,所以我们决定:我们的悼念和庆祝活动应该有这方面的考虑,于是我们的结论就是:尽管这场活动不会办成载歌载舞的守灵,但也不会过于严肃死板,而应该是二者的一种平衡,因为对于逝者而言,根据我们对他的了解,他很可能也是这么希望的。话虽然这么说,父亲生前其实并没有留下任何指示。

那是一个周日的下午,我们聚在一起,父亲的三个孙辈依次起身站到讲台前凭吊,每个人都哽咽着回忆了关于姥爷的点点滴滴——比如,他们小的时候,姥爷有时会带他们去街角的杂货店,让他们随便选,还有,姥爷游泳只会狗刨,还有一次,他们惊讶地看到姥爷在一个操场上打篮球,每次都是从左边六米[①]远的地方擦板投篮,十投九中,他的方法是抬右膝,手举起来将球从一个低点抛出,但是抛得很高。我的两个侄女和一个侄子站在那里,噙着泪,读事先打好的稿子,我就坐在艾莉森旁边,握着她的手。我把她的手轻轻捏了捏,传递只有我们俩懂的悄悄话:我们没有孩子,此刻,眼前美好的一幕让我思绪万千。艾莉森也捏了捏我的手。

接着,伦纳德起身发言,他也哽咽了,这是我从来没见过的,他用沙哑的声音告诉我们,他年轻的时候觉得自己配不上丹妮尔,他觉得她其实可以嫁得更好,而不是嫁给他这样一个没什么前途的人,那时候,在那些比他做得更好的人面前,他会同时感到骄傲和蔑视,但是在老丈人罗亚尔面前从来没有过骄傲和蔑视的感觉。罗亚尔没有认为他配不上自己的女儿,也不认为他不

[①] 20英尺。

够好。事实上，老丈人对他的态度恰好相反。伦纳德对此非常感激。然后他讲了一件事，一家开发商威胁说要起诉他，根据那家公司的律师的说法，是因为伦纳德的工作疏忽导致一堵混凝土挡水墙发生了空鼓，于是他的老丈人给律师写了几封信，最后警报解除，老丈人还把每封信的副本寄给伦纳德，让他同步了解事情的进展。伦纳德想表达的是，他至今都不明白，为什么如此心平气和的几封信就能达到那样的效果，"但是，这就是罗亚尔"。

伦纳德说完轮到丹妮尔，然后是艾莉森和我。接下来是我的婶婶科拉——桑代克叔叔的遗孀，我母亲的妹妹多丽丝，父亲公司的一名律师，出乎我们意料的是，还有一位满头银发的老人举手，说他想说两句。他的声音很轻，我感觉他是不太好意思。他的鼻梁骨断了，被撞得很扁，歪向左边，饱经风霜的脸上有一团血管断裂的紫印。我感觉他是为今天的场合特意穿了自己最好的法兰绒衬衫。"那我开始吧。"他开口了，他的嗓音很低，说话有点听不清楚，所以我不得不朝他那边靠了靠，"很久以前，我遇到了一些麻烦，法律上的麻烦。我因为自己做过的事坐了牢，七个月零十一天，而今天的逝者，也就是我当时的律师，他没有收我一分钱，因为他知道我没有钱，所以就没收我的钱，免费服务，无偿劳动。我从监狱出来以后，打起精神，开始从事捕鱼的买卖。之后我每次捕到鱼，都会给他留一条。我会选一条好的，我想用这种方式来报答他。我把鱼放在泡沫塑料箱里，放在他家的门廊上，因为他住的地方恰好离我停船的地方不远。我可能每年会送上七八次吧,送了二十二年。每年圣诞节前,逝者都会给我写信,说谢谢我送鱼给他,就这样。他很准时,每次都准时把节日贺卡寄过来。然后,上个月,我拿了一条鱼来,发现他已经去世了,听到这个消息,我很难过。我现在仍然很难过,所以我就来了。我今天来,是为了告诉他的家人,我很难过,还有,我有努力报答他。"

他走下讲台,然后是我母亲。母亲指出,她完全清楚人们在追悼会上关注的是逝者的各种好,而往往忽略了他的普通和不足,可是人本来就应该是多面的(礼堂里传来被人们憋住的笑声,或者更准确地说,应该是表示赞同的笑声),她也知道,按照传统,遗孀在这种时候是不发言的,但她还是要说两句。如果那天的追悼会上有谁流了泪,那大概率是在听我母亲讲话的时候,母亲不仅讲了她丈夫的一生,还讲述了他们共同度过的六十个春秋,讲了他们如何相遇,他们早年的婚姻生活,他们初为人父母的年代,他们的晚年,以及在这整个过程中,她的丈夫是多么好的伴侣,他懂得尊重别人,爱人们本来的样子,并不希冀别人改变什么,或是要求别人做何改变,这也是他们长期幸福生活的关键,不过还有一点,她的丈夫生性开朗,而且心地善良,这也起了很大的作用。"现在,"她说,"我的妹妹多丽丝一向歌喉甜美,她将为大家献唱一首,来结束今天的追悼会,我知道罗亚尔一定会喜欢在自己的追悼会上听到这首歌的。"这时,有人坐到了钢琴前,多丽丝则走上台,唱了一首《我的心斟满了爱》，那首歌很伤感，是的，毫无疑问，毋庸置疑，因此也就不可避免地引出了大家的泪水。一曲过后，丹妮尔再次起身向大家的到来表示感谢，并让大家尽情享用饼干和潘趣酒，还说如果大家愿意的话，可以去看展出的照片，还可以在来宾登记簿上签字，然后她那位从博兹曼驱车十四小时赶回来的儿子便开始播放事先排好的歌单，其中包括《飞越彩虹》《多美好的世界啊》《你一直在我心中》和《奇异恩典》。

我们的酒都存在桌子下面的一个冷藏箱里，我正从那儿拿潘趣酒给酒杯添酒，这时，一个年纪很大但是看起来很硬朗的老先生走了过来，告诉我说他至少有30年没见过我父亲了。他今年正好90岁，1975年从法律界退休，当时他的公司赢了一起重要的反垄断官司，他得了一笔不小的奖金，但是在那之前，在50年代末、60年代还有70年代初，他跟我父亲已经很熟悉了。他说，其实他们1960年就一起打过官司。我给他倒了一杯潘趣酒，自己也拿了一杯，然后从桌子后面出来，握了握他那粗糙的手，然后，没有仪式，没有铺垫，也没有我预想的道歉，他用沙哑的声音跟我讲了这样一件事：他和我父亲一起被指派为一个名叫厄尼·拜尔的地毯清洁工做辩护律师，拜尔被指控犯了谋杀罪。**整整七年**，这起案子一直没有得到解决。然后，由于有了新的信息，一个名叫罗德尼·林奎斯特的船务员受到怀疑，在警察审讯的过程中，后者声称他和厄尼·拜尔一起抢劫了一个名叫沃伦·詹森的杂货商，抢了800美元。

我打断他,说他真是记忆力超群,但他伸出食指朝我一挥,说他知道自己要来,而且打算把这件事告诉罗亚尔的家人,所以事先做了准备,查阅了以前的档案。然后他又念了一遍"罗德尼·林奎斯特"这个名字,这一次带着强烈的不屑。他说,罗德尼·林奎斯特跟警察说,对詹森的抢劫一开始是按计划进行的,但是在抢劫过程中,拜尔开始怀疑詹森认出了自己,之后——据林奎斯特说——拜尔绑架并杀害了詹森,而林奎斯特只是在旁边打打下手。

根据了解到的信息,我判断这是一起大案。我读了报纸上的报道,对细节产生了兴趣。在法庭上,一名治安官的警探复述了弹道检查结果:一把0.45英寸口径的手枪开了四枪。一名水管工和一名木匠描述他们在一所尚未竣工的房子的厨房里发现了詹森的尸体。詹森的遗孀说,那天晚上詹森没回家,她很担心。一位肉店老板解释说,只有他和詹森知道保险箱的密码。举证的还有一位听见三声枪响的住户,一位在酒馆看到林奎斯特的保险理算员、一个出租车司机、一个杂货店收银员、一个酒店经理、一个签名专家,还有林奎斯特的女友。他的女友做证说,拜尔带着詹森出现并把他塞进林奎斯特的车时,她正在市场外面。不过,重点是,林奎斯特是在场的。

这位律师的手颤抖着端着潘趣酒杯,他告诉我,我父亲完全不相信这些话,因为有五个证人相继证明在詹森被杀时,拜尔正在北边二十英里外的埃弗里特,这五个人都是当晚和拜尔一起干活儿的地毯清洁工,他们当时和拜尔一起在一家正在整修的汽车旅馆里工作。在我父亲的盘问下,林奎斯特的女友承认她无法指认用枪把詹森从市场里挟持出来的那个人是拜尔。其实她根本记不清了,而且她的陈述自相矛盾,前言不搭后语。林奎斯特在接受询问时也乱了阵脚。"所以,你看,"律师一边说,一边试图稳住手中的酒杯,"我当时很忙,我对你父亲说:'嘿,要不你来做结案陈词好了。'于是他做了结案陈词,并在陈词中明确指出拜尔是被陷害的,而林奎斯特呢,因为有无可辩驳的证据表明他参与了此案,所以他就想把自己描述成共犯而不是行凶者,假装拜尔是主犯——他跟拜尔还算认识,但是并不喜欢这个人。然后陪审团出去审议,但是当天没有宣布判决,我们只好等着。"

这时,他把潘趣酒杯放在桌上,并从上衣内侧的口袋里拿出一叠折起来的纸。他费了点工夫才把纸打开了。是复印的两篇报纸文章,他递给了我。第一篇刊登在1960年3月29日《西雅图时报》的第二版上,标题是《谋杀案:陪审团没有给出任何提示》。第二篇刊登在第二天的头版,标题是《艾森豪威尔看到禁止核试验的进展》。上方有一个横条,写着"杂货商被杀案:拜尔被认定无罪"——下面写着"律师被被告拥抱"。那位律师就是我的父亲,他当时29岁,地毯清洁工厄尼·拜尔紧紧抱着他。

"拿着,"律师指着文章,"我就是特意带给你和你的家人的。"

我接了过来。律师说:"我们是被一位法官指派的,因为拜尔没有钱付律师费。他在一次事故中轧断了胳膊，落下了残疾，住在某个地方的一个福利院里。我们俩挣了多少钱呢——可能每人50美元？我问你父亲想不想喝酒去。我跟他说，我可以请他喝两杯。他拒绝了。他说他不能去喝酒，因为他还有另外一个案子，也是由法官指定辩护的案子，一样的，还是50美元。我估计他当时还不到30岁吧。"

我说："他去世之前还在参加一场审讯。这或许也是好事。"

在"华盛顿州起诉厄尼·拜尔"一案中与我父亲合作的律师用颤抖的手再次端起了潘趣酒杯。"对他来说是好事，"他说，"但是对州政府来说就不是了。他们得将一切清零，从头开始，再来一遍。"

* * *

母亲继续住在她和我父亲住的房子里。父亲去世后大概一个月，我去帮母亲处理家里的东西。从65岁左右开始，断舍离就成了母亲生活中的主要任务，对许多老年人来说都是如此，至少在我生活的地方是这样的——也就是说，他们当中有很多人有很多很多的东西，以至于断舍离都成了一种负担。对我母亲来说也一样，这一点她非常清楚，而且，具有讽刺意味的是，东西似乎永远也扔不完，真是怪了。母亲有时候会放弃，但最终还是会继续努力地扔扔扔，她也感觉扔掉一些东西能够帮她战胜囤积的本能。这种本能就好像是基因的明显缺陷，或者说是一种逐渐减弱的、对于物质生活的焦虑。她说，这种焦虑部分源于天生，部分来自后天，因为她是在大萧条时期长大的，她见过她的父母把零碎的绳子接起来用，而不会去买一整条同样长度的绳子。我们在地下室里收拾，因为地下室里永远都有一股湿气，所以母亲穿了一件毛衣，那件毛衣是她去年冬天一边看电视一边织的——经线和纬线都织得很松，是套头的，很肥。不过，母亲说，这件毛衣也给她造成了一点麻烦，因为她有肩周炎。她需要的是带纽扣的开襟毛衣，那样穿脱会更容易些。总之呢，母亲套着那件大毛衣，在箱子和塑料桶里翻来翻去，仔细思忖每件物品，有时还会说说它们的优点缺点。母亲会考虑要不要放回去，是扔还是不扔，是留还是不留，是送人，还是捐出去，还是卖掉，还是留下来重新考虑——她进行了分类，其中一类是她在情感上无法割舍的物品，当她用手拿着，捧着，仔细检查时，有时她会说起它们的力量来源。对她来说，这些东西不是等闲之物，会引发微妙而又实实在在的情感。每一件都仿佛是有魔力的法宝。它们被注入了记忆、故事还有意义，并且随着时间的流逝，它们从单纯的物件变成了装满人生经历的圣器。它们既是一种累赘，又完全是无法割舍的纪念。说起纪念品，母亲虽然年事已高，但是并没有失去童真的一面。"你看，"我去帮她那天，她打开一个盒子对我说，"这些都是我打算要修的东西。我之前想啊，有一天我会到地下室来，把这些东西都修好。"接着，她打开泡沫纸，露出裹在里面的一个天鹅陶瓷雕像。天鹅的头和脖子的一部分已经断了，掉下来的部分用胶带粘在合着的左翼上。"我以为我会找到合适的胶水，但是一直没找到。"她说，"这是你出生前，你爸爸送给我的生日礼物。唉，说得我要哭了。"她补充道。自从父亲离世，母亲经常说着说着就流泪了。

* * *

第二天，丹妮尔把茶馆交给手下的茶艺师，她自己跟我一起租了一辆面包车，我们把车停在父亲办公楼下面的装卸平台，乘货梯到二十七层，去把父亲留下的痕迹清理干净。我们推着租来的手推车从一个侧门进出，一边走，推车一边发出吱吱呀呀的声音，空着推上去，再堆满箱子推下来，箱子用推车自带的带子固定住。虽然我们没有声张，但并非没有被人注意到，于是便收获了很多慰问，也被询问了很多问题，还有人问我们为什么要自己搬，为什么不雇两个搬运工人，对于这个问题，丹妮尔直率地回答说，因为这些事我们自己就能搞定，不习惯花钱去请别人做，丹妮尔还详细解释了这种思维方式已经根深蒂固，因此很难扭转，所以我们就自己来了，而且，说实话，因为有货梯、推车还有装卸平台，这活儿也不太难。再者，丹妮尔一米九[①]的个子，走

[①] 六英尺四英寸。

路的步子像个巨人,而且看着就很结实,胳膊又粗又壮,所以当她这样解释时,没人有理由不信她。我呢,就待在后面,让丹妮尔跟大家对话,或者说,是她习惯性地代表了我,因为她比我大四岁,遇事向来都是她做主。(虽然她并不认为自己的这种风格对茶馆的生意有帮助。她觉得如果换一个不那么"傻大个儿"的人来执掌,茶馆会做得更好。)不管怎么说,我们继续打包、搬运,一直忙到下午,直到父亲的办公室只剩下一张光秃秃的办公桌和一个空空如也的书柜、三把椅子、空的文件柜、空的挂钩,因为我们把父亲之前装裱起来挂在办公室里的所有证书和执照都拿走了,所以挂钩也就没有东西可挂了。我们还留了一小串钥匙在抽屉里,因为再也用不上了。然后我们就收工了,我们把最后一批东西绑在推车上,准备永远地离开这里,但是又犹豫了一下,这时,丹妮尔说:"你觉得,我们应该把百叶窗合上吗?"于是她拉上了百叶窗,空荡荡的房间暗了下来,只剩一点点午后的阳光,从窗叶中间照进来,然后她就推着推车先出去了,我跟在后面,关掉了头顶的灯。

* * *

想到要把父亲的文件全都烧掉,或是回收利用做成各种包装纸——放鸡蛋的纸托、减震托盘、外卖打包盒,还有连盖式的容器——对我来说不仅仅是一种痛苦。我还没有准备好,丹妮尔也没准备好，所以这些装满文件的箱子最后便来到了前几年我写小说的房间，就像我在这本书的开头所说，这些箱子几乎把房间都堆满了，不过剩下的空间还放得下我的书桌和椅子，而且箱子堆得很高，我都担心它们会倒下来砸到窗户。因为不放心，我隔三岔五就会打开那个房间的门，看看箱子有没有要砸下来的迹象。估计是受到了房间内湿度的影响，那些箱子的纸板有些发软了，于是没有因为我存在安全隐患的摆放而发生事故，也或许是靠谱的熵发挥了作用，从源头上遏制了纸箱倒下来的可能性。纸箱始终没有掉下来。它们就像古老墓穴里的图腾物，静静地忍受着寂寥，任灰尘落在身上——直到有一天我突然来了兴致，想要把家里好好收拾收拾，于是打扫了那个房间，还掸了掸书桌左下角放了很多年的十本参考书上的灰尘，那些书的两头用沙滩石做成的书立固定着。就在我打扫时，突然有一只鸟儿飞快地从窗边掠过，留下模糊的背影，吓了我一跳。已经不是第一次有这样的客人造访了。这些年，在有如白日做梦那般构思小说时，我经常会被窗玻璃上突然传来的响声打断，然后看见一只鸟儿歪歪扭扭地扑棱翅膀飞走，有时还飘下来几片羽毛。总之呢，我在阁楼上掸去书上的灰尘时，这样的情况又发生了，于是我停下手中的活儿站了一会儿，回过神来之后，我决定给今天的家务再增加一项：把这只鸟儿留下的污渍清理干净。然而，当我打开窗户准备去擦拭时，窗户侧边几只已经死掉的黑苍蝇掉到了我的桌子上，我只好一只一只把它们捡起来，然后扔出去。就在这个当儿，我注意到天色已经有些暗了，屋子后面，有燕群排成弧形正在觅食，还有一只猫头鹰在树枝上站着，等待夜幕降临。我待在打开的那扇窗户旁边看了一会儿这些鸟，然后便关上窗户，读起了自己之前写的东西，那些都是我编的，我把它们写下来，然后搁置，然后就渐渐抛在了脑后。我的大脑不由自主地开始对这些乱七八糟的字迹进行编辑，对不通顺的地方删删改改，被删掉的部分再也不会出现在读者眼前。

第二天早上，当我走近茶馆时——我打算去那儿喝茶读书，坐在人群中间——我看见最抢手的挨着前窗的位置坐了一个男人，他跟我年纪差不多大，正端着茶杯，面前摊着一本书，戴着半框眼镜平静地读着。我认得他。在我和艾莉森去游泳的那个游泳馆里，我经常看到他。他游完以后经常会在更衣室的外面倒立很长时间，毫无缘由地，他的这一举动让我很是气恼。事实上，他的倒立简直让我抓狂，以至于我在心里偷偷咒他。我想让他摔倒，或者至少也得决定不再在公共场合练习倒立。现在，在茶馆门口，我大脑里的一些东西又一次让我的身体里涌出一团怒火，我开始讨厌他懒洋洋的样子，我讨厌他自以为是地占了窗边的座位和街景，讨厌他的肘弯，讨厌他鬓角上方剪得很短的银发，以及——最让我厌恶的是——他抬起头想要跟我打招呼的神情和皮笑肉不笑的脸，仿佛在说，我应该承认我们是泳池里的老相识，仿佛在说，我应该用钦佩的目光回忆起他长时间稳如泰山的倒立，还有，最糟糕的是，他的表情仿佛在暗示：我们两个人应该定期出来聊聊天，因为我们有很多共同点。而事实上，我在心里坚持认为，我和他道不同不相为谋，永远也不可能有什么共同点，那是不可能的，也是令人生气的，他和我可能有共同点的这一想法让我产生了一股无名之火，怎么也挥之不去。是这个上了年纪的茶客在浪费他的时间，而不是我；是这个头发花白的胆小鬼一错再错，而不是我；是这个无事献殷勤的家伙应该吃所有人的闭门羹，而不是我。于是，我故意避开他的视线，拒绝与他发生眼神上的交流，就像我在游泳馆的更衣室里那样，在狭小的空间里，聊一聊氯气的味道或是水的温度本应该是很自然且礼貌的，但是，不，我始终低着头，一言不发——为什么呢？没什么合理的理由。我走进茶馆，从他旁边经过，然后坐下来，翻开书，但是我的注意力无法集中，我也没办法品用杯中的香茗。相反，我坐在那里，心里想着茶馆里的某些顾客正在抛弃我，因为我已经没了青春的朝气。我已经黯然无光。我的人生已经踏入暮年。这时，我记起了约翰·厄普代克的《贝克：一本书》中有一段小插曲，小说家贝克——一个虚构的人物——他在有人的地方看到了"一束束肉状的神经，被诡异地夹在大脑的某处"，这样能够更好地免受干扰，因为如果"一个毛茸茸的骨节"对他有这样或那样的想法，那又怎样呢，反正无论如何都无关紧要，那些想法不过是"几万亿条电路"在"几磅胶状物"中产生的"多余的电流"而已。所以呢，在哈维案的审讯之后，这就是我打发时间的另一种方式。我在茶馆里晃悠，在人类的弱点中迷失，从厄普代克那里获得关于生活的启示（虽然仅仅几年之后，他就引起了种种争议），还有，就像那个在更衣室外面倒立的男人一样，望着窗外发呆，因为那是秋日的西雅图，常常下雨。

* * *

一天，我和艾莉森跟两个朋友在一个叫比尔餐厅的地方约了一顿午餐。这两个朋友是一对情侣——诗人贝琳达，还有凯尔，凯尔特别喜欢旅行，她人生的大部分时间都在世界各地游历，当英语老师。例如，她讲的奇闻逸事里出现过新加坡，还有日本的冲绳岛。我们四个坐在卡座里吃了三明治和薯条，凯尔解释说，她现在患上了"祖母病"，意思是她迷上了自己六个月大的孙子，他那天真无邪的小脸散发出的纯洁气息，他的咿咿呀呀，还有当她摇动拨浪鼓时他那舞动的小手和小脚，他喝奶时的样子，他在她怀里小憩时的样子……这些都让她爱得无法自拔。她还有另外一种症状，那就是给孙子拍好多好多的照片，分享给别人看，并且作为给朋友们的"福利"（凯尔打手势表示"福利"二字加了引号），详细地介绍他最新的进步——比如说，会从仰到趴翻身了，但是从趴到仰还不会，或者，第一次吃了红薯泥。

还有什么其他消息要分享的吗？艾莉森问我们的朋友。凯尔说，她在黑山有几个亲戚——一个是乌尔齐尼的造船工人，一个是波德戈里察的修女——还有她现在在亚得里亚海有一套小公寓，她和贝琳达前阵子在那里、在大大的遮阳篷下面的青砖水磨石上度过了一个奢华的8月（贝琳达插了一句，"奢华得不可思议"），她们身后的墙上爬着紫藤，脚趾间沾着白色的细沙，泡上一罐酸橙加薄荷水，手边再放上一瓶冰镇的波兰伏特加，冰箱里还有腌鲱鱼和山羊奶酪，橱柜里有黑麦饼干、杏仁和核桃，树荫下的柳条桌上摆着葡萄和砂糖橘，海盐沾在她们的手臂上，贝琳达阅读诗歌杂志，凯尔则铆足了劲儿，攻读弗吉尼亚·伍尔夫的全部著作。

还有什么？凯尔93岁的父亲第三次结婚了，他住在亚利桑那州的卡立佛里。贝琳达和凯尔去参加了婚礼；事实上，她们是婚礼的策划者，正如贝琳达所说，她们按照这对夫妇的要求，准备了用来庆祝的水晶肉冻和鹅肝酱。还有什么？贝琳达"臀部特别难受"，正在看理疗师；与此同时，凯尔"患上了一种综合征"。"我晚上睡觉的时候，"她说，"总是听见像炸弹爆炸一样的声音。我是真的听见，可是除了我，别人都听不见。"

"爆炸性头部综合征。"贝琳达解释说。

"爆炸性头部综合征，"凯尔说，"大约每周两次。"

"有时他们也称之为'听觉睡眠启动'。"贝琳达说。

"我们的医生一点头绪也没有，"凯尔说，"所以我只好去了一个睡眠障碍诊所。"

"就是我之前因为呼吸暂停去过的那家，"贝琳达说，"结果发现其实我没有呼吸暂停。"

"她只是打鼾,"凯尔解释说,"不是呼吸暂停。"

"但是你的……"贝琳达说。

"我的,"凯尔说,"得这种病的概率是十亿分之一,而我就是那十亿分之一。"

"他们排除了一些可能,"贝琳达说,"她没有得肿瘤。"

"也没有得癫痫,"凯尔补充道,"也没有其他任何真正算得上问题的毛病。就是爆炸性头部综合征,我跟你说,这属于急症。"

"亲爱的……"贝琳达说。

"宝贝儿……"凯尔回答,"不管怎么说,我想你可能也想了解了解这种病,万一哪天能写进你的小说呢。一个患了爆炸性头部综合征的角色。"

"为什么不呢?"贝琳达说,"一个患了爆炸性头部综合征的角色。"

我们继续吃饭。凯尔说她和贝琳达不久之后要去卡立佛里看望再婚的父亲。"我们起初很担心,"贝琳达说,"因为我们不了解那个女人。"

"我现在仍然很担心。"凯尔说。

"我们觉得她可能就是那种在养老院里钓男人的女人。"

"就是。"凯尔说。

"但是后来我们渐渐对她有了了解,"贝琳达说,"她已经

86岁了,坐着轮椅。"

"这有什么关系呢?我还是不相信她。"

"我觉得她是有修养的,"贝琳达强调,"她接受过经典的教育,从这个角度来讲。"

"这并不意味着她在经济上能自食其力。"

"每个星期三,她都会去做头发。每个星期四,去做水疗。她还很风趣,这一点你父亲很欣赏。"

"他已经被冲昏头脑了。"

"他都93岁了。"

"好了,"凯尔说,"你们俩呢?"

我和艾利森耸了耸肩。然后贝琳达问我有没有在写什么。我说没有。凯尔说,贝琳达最近有作品发表,然后遭到了一位诗人同行在报纸上的攻击。凯尔对此付之一笑。她说,曾经有人在夜里闯进一家书店,不但用猎枪打烂了比利·柯林斯的《九马》,还污损了柯林斯的作者画像。然后她绘声绘色地给我们讲了两个诗人在一次会议上当着几百名学者的面吵架的事,还描述了1968年在纽约州立大学石溪分校发生的混战,其间艾伦·金斯伯格为了让两方的诗人解除暴力,不惜跪在了地上。凯尔说,除此之外还有一个问题,重大诗歌奖项的评委是一个小圈子,这些人报复心强,手段卑劣,当评委时轮流坐庄,还有几个人永远在受排挤。赠款、奖金、荣誉席位、讲师职位,都被暗戳戳的忌妒瞎搅和。聘任受到影响,发表作品也会受到曲解。贝琳达说,诗人是马基雅维利式的权贵,他们的作品给城邦带来了不安定因素。她说:"你应该庆幸自己是个小说家。"

* * *

第二天早上,我去一家咖啡店见一个认识的小说家,他叫劳登·詹姆斯,他发邮件给我,说有一阵没联系了,想见个面。我提前到了,便买了咖啡,坐在凳子上读一本小说,直到他在我的肩上拍了两下。其实我跟劳登不是很熟。我们见过面,在某个活动上聊过天,或许当时手里端着饮料,也或许在某个角落里站着,我想我们的聊天也是惺惺相惜,或是互相攀亲带故,或是假装自己比实际情况更忙、更重要,而不是区区两个小说家。不过,我挺喜欢他的。他有点古怪,我觉得那是他表达友好的一种方式。他好像从来没梳过头。他的头发已经花白,发量不多,可是看着就像龙卷风过后在两面墙交接处残存的一个鸟窝,乱成一团。这样的发型再加上深褐色的卡其裤和格子图案的运动外套,让他看上去很像库尔特·冯内古特——长脸、垂眼,透着一种古怪、忧郁、中庸、形而上的倾向。他和我一样,也是人到中年,但是并没有受到岁月的摧残。不过他的协调性好像的确受了点影响,一副邋里邋遢的模样,让人担心他坐下去或者站起来的时候会把什么易碎的东西碰掉——比如咖啡杯。

劳登挺能聊的。他说起话来滔滔不绝,东一句西一句,而且极其亢奋。一上来,他先告诉我说他正在教一个写作工作坊,但是由于最近身体不好,阅读手稿时会有一种特殊的困难,所以工作坊面临解散的风险。他解释说,印刷的文字在他的眼里会变成一团乱草,而且至少目前还没有能够帮他矫正视力的镜片。似乎是为了证明给我看,他在咖啡馆里摘下眼镜,折起镜腿,为了不弄脏镜片,他用手指捏着鼻托的位置,毫不避讳地向我展示了他弯曲的瞳孔、抽搐似的动作,还有纹路怪异的血丝,那些血丝就像阿米巴虫,在水汪汪的眼睛里游荡。他说,眼睛的问题让他头痛欲裂,用他的话说,眼疾造成的症状简直就像上"酷刑"。他解释说,"两侧太阳穴之间还有眉毛和后脑勺中间好像被一股蛮力拧着",他没办法,只能采取趴卧的姿势,把眼罩绑在脑袋上——那眼罩还是今年春天在飞往法兰克福的航班上免费发给商务舱旅客的旅行用品袋里的——与此同时,他的眼皮底下还有"爆炸样类星体"的症状[1]。在本该与学生当面讨论小说习作的时间,他经常把学校办公室的门锁上,把灯也关掉,然后就像这样趴在地板上,满心内疚地听学生们徒劳地敲门。不过,他说,他也意识到"这一切荒谬得简直好笑"。尽管如此,他也不是就没治了。他决定去找达拉斯的一位专家。他才63岁,劳登向我强调说,他的人生还没有结束。接着,他好像突然意识到一直是他在自说自话,便问了我一个问题,这个问题倒是在我的意料之中:

---

[1] 推测可能是雪状闪辉症,过去称为类星体玻璃体炎。

"在写什么吗?"我回答:"没有。"

我们又聊了十五分钟,或者说,是他又说了十五分钟,然后他便离开了,而我则步行去了最近的一家书店。明亮的灯光下,书店前面的几个架子和桌子上陈列着新书,后面,收银台和服务台那儿坐着一个戴着金边眼镜的年轻人,正聚精会神地盯着屏幕,同时腾出手来忙着刷卡、敲键盘,再往后面去,有一大片卖二手书的区域,一直延伸到光线较暗的楼梯间,楼梯的扶手虽然旧了,但是擦得很亮,从楼梯往下走有一个地下室,往上则可以到达一层和二层之间的夹层。楼梯上也摆满了书,或者说,是堆满了书,杂七杂八的书堆成摞,中间隔着固定的间距水平摆放,像防御工事那样在楼梯上排成一列,很是壮观,但若是碰上不负责任的读者,"楼梯书架"就会遭到严重的破坏。总之呢,在那家书店里,不管你要找什么,都得搜寻好几个区域,还得弯着腰,看看书脊冲上的书堆里有没有,我就是这样找到了劳登的三本书。其中一本已经快要散架,破得几乎不能再卖了;第二本被粉色的荧光笔疯狂地涂满了标记;第三本也破损得很严重,书脊都快断了。说实话,即便是轻拿轻放,也有可能让它变成一个立体的平行四边形。

我拿着劳登的书坐下了。根据封套上的宣传文案,他的处女作讲的是一个会计师的艰辛,这位会计师驾驶一艘单体帆船从克赖斯特彻奇出发去往斐济,途中发现自己不幸患上了顺行性遗忘症。劳登的第二本书是卡夫卡式的虚构小说,在故事中,一个患有睡眠脚动症的法庭速记员设计了一场虚幻的足球联赛。第三本书的主人公是五个生态恐怖分子，他们一心想要袭击1984年在莫斯克尼会议中心举行的民主党全国代表大会。服务台那儿戴金边眼镜的年轻男子被一个无理要求（是我提出的）分散了注意力，从一项重要的任务中腾出手来，在键盘上不紧不慢地敲了几下，然后把屏幕转过来给我看，于是我看见劳登名下虽然登记了四本小说，但他已经有二十年没发表过作品了。确切地说，是二十三年。从2000年到现在什么也没发表。我凑近屏幕。我在店里没找到的那本小说是在讲速记员那本和恐怖分子那本中间发表的。第二天，我在另一家书店找到了它——这是一部粗俗不堪的悲喜剧，讲了一个法国采矿工程师想建造一条从加莱到多佛的隧道，大到能让马车穿行，并在里面装上油灯和通风烟囱。白天，他寻求巴黎人对这一计划的支持；晚上，他又打着"及时行乐"的旗号造访皮加勒的红灯区。隧道计划没有成功。他很受伤，便去了塔兰托的英国侨区，那块殖民地已经很有艺术范儿了，有着各种纠缠不清的瓜葛。很快，这位工程师就陷入了一段热烈的婚外情，并被拉进了一个要在普利亚海岸建造人工岛的项目，人们想把那里建成一个布鲁姆斯伯里式的乌托邦，但与此同时他又惹怒了一位具有军人气质的肖像画家，后者发现自己的妻子对这个法国人有好感，便在亚得里亚海的一次航海探险时对工程师对人不对事地臭骂了他一顿，然后把他淹死了。那个艺术的乌托邦从未建成。

但是在你们上网搜索这些小说之前，我最好先解释一下。首先,"劳登·詹姆斯"暗笑着威胁说,如果我不"妥善考虑"他在这些页面中的形象,也就是说让他看到书稿,他就会起诉我。

"你把这事儿搞砸了,闹大了,"我们在同一家小咖啡店最后一次见面时,他对我说,"因为迄今为止,在你的书稿中,'劳登·詹姆斯'是那些书的作者,而你所描述的那些书的情节都跟我的书里一样,这就意味着,你的读者,如果最后有人买你的书的话,他们只要想,很容易就能弄清楚到底是怎么回事。如果你仅仅在把读者引向笔名背后的真人,那么笔名的意义何在?我的底线是,"劳登说,"如果你想让我出现在你的书中,你就必须"——说到这里,他把我的手稿递给我——"在这一部分,给那些不存在的书把故事情节也编出来。"

* * *

在书店里接连泡了两天之后,我重新过起了宅家的生活,我已经在家里待了很多很多天。信箱里来了一封信,提醒说我的车该年检了,尽管我之前在年检提醒方式那里选了"仅通过电子邮件提醒"。我注意到我家的大门有点鼓出来了,刮擦到了门框。激光打印机的墨盒该换了,冰箱冷凝器叶片上的灰尘也该用吸尘器吸一吸了。那天的天气异常暖和,放在从前,这似乎算得上是一种恩赐,可是现在却让人对地球人的未来感到忧虑。晚上,我和艾莉森一起坐在后院,我们养的猫溜到我的腿上打呼噜,脚下的石板仍然散发着白天的余热。艾莉森说："今晚有流星雨。"十点左右，我们躺在毯子上，仔细观察天空中流星的迹象，可是很久都没有看到一颗，这时有一道微光一闪而过，拖着长长的尾巴，然后又是两道亮一点的光，之后就一颗也没有了，我们就躺在那里聊天，一直聊到艾莉森说："宇宙是如此之大，岁月是如此漫长，以至于没人能用语言来形容。不过宇宙依旧运转，岁月也依然流逝。"

第二天，我们游了一个小时的泳——自从父亲去世后，我们去游泳馆比之前更规律了。或许死亡激起了我们心中的期待，希望能够通过积极的运动，让死神来得晚一点。总之呢，穿着泳衣的艾莉森看起来很健硕。她戴上圆形的泳镜，夹上橡胶鼻夹，看上去又很复古。在游泳的间歇，我经常在她隔壁的泳道里，舒舒服服地趴在浮线上跟她说话。这时候，她就会把泳镜架在乳胶泳帽上，仰面朝上，毫不费力地浮着。她说话时，我看见她的脸颊被含氯的水泡得发白，泳镜在脸上勒出粉色的印子。坦白地说，她在水中的一切都让我着迷。

水上运动结束后，我们去一家非常出名的小餐馆吃午餐，这家店很安静，菜式是我们没吃过的黎巴嫩风味，餐馆里除了我们，没有其他客人。很快，服务员站在我们面前，握着铅笔准备记录。我跟艾莉森点了同样的菜，他给我们的两份沙威玛下了单，然后又回去继续看静了音的电视转播足球比赛。他打扮得干净利落，上菜也没有把身上弄脏，还有着迪厅之王的修长身材。

"我去了你姐姐那儿,"艾莉森告诉我,"她给了我这本书。"她从包里掏了出来,"《茶之书》,作者冈仓天心。"

"怎么样?"

"我准备翻翻看。"

她打开《茶之书》,读道:"东方与西方,就像被弃置在翻腾的大海中的两条龙,努力想要重获生命的宝石,但却徒劳无功。我们需要女娲再次降临,修复这巨大的破坏。我们等待着伟大神灵的到来。"

"说的是什么意思?"

"与此同时,咱们先抿一口茶。"艾莉森继续读道,"午后的阳光照亮竹林,山泉欢快地冒着气泡,水壶里发出松树一样的飒飒声。让我们梦想着消逝,并在事物的美丽和愚昧中流连。"

服务员用胳膊托着沙威玛,给我们上了菜。又进来一对年轻的夫妇,在角落里的一张桌子旁边坐下了。餐馆外面,一个穿T恤的男人在喂鸽子。我们吃完饭,由于游泳后有点困倦,于是又点了果仁千层酥和咖啡。我们的服务员很讨人喜欢,她用手持式的小扫帚帮我们清理了桌子上的食物残渣,并把放糖的罐子重新摆好。很快,千层酥和咖啡就上来了。我感觉那咖啡的蒸汽舞得格外热闹,可能是因为很烫很烫。我试探性地端了一下杯子,这时,艾莉森对我说:"每一块千层酥都不一样。"她用叉子的边缘戳了戳她那块。"很多时候,"她一边观察,一边继续说,"如果出了问题,多半是因为蜂蜜。蜂蜜太多会让千层酥很腻。

还想知道更多的生活小知识吗？如果轻轻一戳，千层酥的饼皮就立即碎成红辣椒碎大小的碎片，就说明面团处理得不当。馅料要溢出来了。"她一边补充，一边朝嘴里送了一小口千层酥，"这是个好迹象。"

她把千层酥送入口中，像美食大赛的评委一样细细咀嚼。"非常好，"她说，"做得很好。那么，现在，咱们吃千层酥吧。"

"来。"

"让我们也梦想着消逝，在事物的美丽和愚昧中流连。"

"好。"

"重点是'流连'，"艾莉森说，"我们会流连忘返，就像《茶之书》中建议的那样，但是在我看来，事物的美丽和愚昧已经足够了。让我们流连一阵，然后继续前进。"

* * *

在茶馆里——他们给我上茶时，总是会带上一个迷你的沙漏，让我能更好地把握什么时候泡风味更佳——我现在经常在那儿待着，看看书，一直坐到傍晚。在那个避风港里，在安静的情侣和茶客中间，我感觉自己就像在本地酒吧里总是坐在最边上那个位置的老主顾，大家都认得我了，老主顾就像是那铁打的营盘，其他客人来来去去，但他始终舒舒服服地安坐在那里。那又怎么样呢？别人看到什么就是什么吧。这不重要。在内心深处，茶于我而言仿佛一个暂停键，让我怀着一个行者受到庇护和救赎的感激之心，在小小的永恒之中小憩；让我躲开了风雨和它所预示的一切，和那芸芸众生一起，任时光荏苒。我知道，这自然让我成了可笑的人，在那挂毯精心装饰的角落里自封为有名无实的茶馆之王。是的，我就是《纽约客》里的一幅漫画，一个自带荒谬，或者至少也是蹉跎着岁月的、刚刚开始步履蹒跚步入暮年的人。

有一天，丹妮尔看我没什么事，便催我帮忙看看她的一位茶艺师写的硕士论文。论文用三个镀铜的双脚钉装订在一起，露在外面最开头的摘要那里恰到好处地沾了些茶渍。我拿着论文，在茶馆被虫蛀过的挂毯下面慵懒地坐了一会儿，10月明亮的阳光从波浪形的铅窗中斜斜地洒下来，我一会儿挠头，一会儿用一个茶壶给杯子续水，那个茶壶用一小碗烛蜡温着，让茶水保持在适宜的温度，燃烧的烛芯不时地歪向某一边，然后落入残余的蜡油里。这篇论文用大量的篇幅论证了某些俄罗斯文学巨匠在将所谓的现实主义叙事串联起来的同时，也在臆想中宣称无处不在的饮茶及茶文化比历史记录所证实的要早，而且，尽管在俄罗斯小说和故事的很多场景中，茶和茶炊是19世纪甚至18世纪俄国社会和家庭生活的标配，但是直到1901年，俄罗斯的年茶叶消费量才达到人均一磅，或者换句话说，每天一杯，"普通俄罗斯人"一年中大约有四分之一的时间能在早晨喝上一杯茶。为什么会有如此大面积的捏造（论文作者说，是从亚历山大·普希金开始的）？对这些文豪来说，有什么好处呢？然而，如果我们想要理解这一点,首先要了解在过去的俄国,作家是创造过去、现在以及未来的预言家,作家将自己的想象叙述出来,让其成为现实,让乍一看是水中月、镜中花的事物成为现实——也就是说,他们反向推动,从想象到现实,所以说他们的小说和故事里发生的事其实是有创造力的,也就是说,俄国的社会生活其实是潜心虚构出来的产物,不是为了政治宣传,但也差不太多,或者至少在沙俄时期是这样的。那时,被推崇的作家全都来自差不多同一阶层,而在他们周围,有不识字的农奴帮他们种田,农奴是喝不上茶的(尽管在小说中农奴的确也喝茶,他们收割完麦子之后回到有屋顶的住处,茶炊让小屋变得温馨起来,在那里,他们过着舒适惬意的家庭生活,而其中很重要的一点就是喝很多的茶)。不论是托尔斯泰的内疚,还是陀思妥耶夫斯基的烦恼,对他们来说,最终都是一样的,饮茶的美德以及茶作为人类情感的一种源泉、作为一种怀旧或慰藉的方式、作为一种衡量或比较生活的标准、作为一种休憩或亢奋的方式——"已经融入了这个国家的写作风格",正如论文作者所言——茶无处不在,茶是衡量时间流逝、家庭关怀、生活变故、爱恨情仇、生老病死、人间悲喜的标准,所有这些都是在西伯利亚大铁路建成这一历史时刻之前写成的,是来之不易、无所偏私的学术研究向我们所揭示的,是列车喷着黑烟,穿过冰冷的荒原,把大量的茶叶送到俄罗斯人民手中。

我觉得她写得很好,读完之后又把我阅读时弄松的钉子紧了紧。我的烛灯灭了,茶也凉了。我坐在那里,突然感到一阵萎靡，没了力气。我起身拿着论文去找丹妮尔，发现她正爬在梯子上，在黑板上写一段引言："但是，如果喜欢茶包胜过真正的茶叶，则是把影子凌驾于本质之上。——安东尼·伯吉斯。"

"而大家都以为他只写过《发条橙》。"她在梯子上对我说。

有时，我在茶馆小憩的时候，会看见丹妮尔站在某张桌子前面帮客人点单。有时，我看见她戴着那双硕大的篮球手套来体现自己的精心服务，不过呢，她的动作有些僵硬，仿佛被束缚在她身体前面的一个假想的盒子里。有时她会像一个庞然大物，来到我跟前，有时又像一堵高高的壁垒。有时，她像个瞪大眼睛的巨人。其他时候，她又像个满头乱发的卡冈都亚。不过大多数情况下，她都把手背在腰后——这么多年来，她一直有些弓背，但却弓得很有魅力。她会看似漫不经心地在桌子旁边弄出叮叮当当的声音，拖着步子走路，仿佛是为了防止摔倒。她给人的感觉仿佛腰部以下的身体热切地退到后面，以便让脑袋能够下降到合适的位置，方便和坐着的顾客交流，就像起重机的吊钩滑车一样。这时候，如果我离她很近，就会听见她的声音。"下午好。我叫丹妮尔。正如您所看到的，我们的茶种类极其丰富。好在菜单被分成了几个部分。首先是绿茶。我们的中国绿茶是炒过的。我们的日本绿茶是快速蒸过的。然后是白茶，是经过古法轻度氧化的，采摘来的茶叶被放在竹筛上，在阳光下逐渐失去水分，叶子晒干后再用手把杂质分拣出来。接下来这个部分包括我们的三种黄茶，加工工艺都是严格保密的，我们还提供一种稀有的黄芽茶，你可能不敢相信，这种茶只在每年的3月27日到4月5日期间进行加工，因为这段时间湖南省的温度和空气的湿度是最平衡的。乌龙茶。这些是我们最受欢迎的几种茶。氧化度在15%到80%之间。茶叶在明火上烤制，通过不断翻转烤干来激发出茶叶的香气。有些是放在竹篮里烘烤的。然后是红茶。所有的红茶释放的多酚类物质都经过了深度的酶促氧化。结果就是：焦糖和丹宁的味道被释放出来，非常受欢迎，会使人兴奋，口感醇厚。普洱茶——这些茶的味道是后天获得的。有泥土味，甚至是霉味。经过渥堆发酵和长时间陈放，有时要放上好几年。然后，后面是我们的花草茶，我们的特调茶，我们的芳香茶和调味茶，我们的冰镇茶，还有最后是我们的阿根廷耶巴马黛茶。这种茶是装在葫芦瓢里，用吸管或者带滤网的小管子来喝的。耶巴马黛茶含有大量的咖啡因，喝了会让人兴奋。好处就是，它会让大家的交谈变得更加热烈。"

有一次，丹妮尔正好没事，就到我的桌子旁边坐了下来。我感觉她看起来很疲惫，也可能只是很平静，抑或是二者兼而有之。"嘿，"她说，"你注意到我的黑板了吗？这句话出自海明威的《一个干净明亮的地方》。"

我抬头看了看丹妮尔那直来直去的潦草字迹，是用浅灰蓝色的粉笔写的。上面写着："每天晚上我都不愿关门，因为可能有人会需要这间咖啡厅。"

* * *

多年来,母亲每周三的下午都在离家不远的老年中心跳排舞,她还在那里学了西班牙语,并且每两周参加一次纯西班牙语的对话活动。父亲去世后,母亲开始参加老年中心举办的一个叫"与艾琳一起锻炼"的课程,是持续一小时的有氧运动,每周二和周四各一节,动作包括拉伸和轻度抗阻力训练,目的是提高平衡能力,降低跌倒的风险,并改善健康状况。不幸的是,在课程的一次拉伸环节中,她的背部突然动弹不得,从此之后就落下了毛病,虽然不至于让她失去行动能力,但也需要长时间的休息。她待在家里,长时间地坐在厨房一角的半边沙发上,后腰那里倚着一个加热垫,手边放着她的针线活和一本书,旁边的茶几上放着一沓信件,旁边的坐垫上还堆着各种杂志、传单、通知和小册子,电视开着但是静音——或者,有时母亲把收音机调到古典音乐频道,中间会穿插天气预报。她把手机也放在附近,时不时就低头瞄上一眼,主要是处理电子邮件,也会研究研究她的腰的状况,查查有没有什么好的治疗办法与干预措施,同时还会思考电视和广播里提出来但并没有解答的问题。她手头有布洛芬,有盒装纸巾,还有一壶饮用水。她告诉我,水既是祸根也是报应。全世界的每个人都赞同多喝水是对的,但是对她来说,多喝水就意味着要频繁地从沙发上起身去上卫生间,这让她很是恼火。

有一天,我注意到母亲的茶几上放了一个马尼拉纸做的信封，大约30厘米长，22厘米宽①，她在上面用大写字母写着：ROYAL（罗亚尔）。我见过她用来装有关父亲死亡的各种记录和资料的文件夹（里面包括遗嘱执行人授权书、遗嘱认证函、报税单、银行证明、健康保险索赔单，等等）——她和丹妮尔在耐着性子处理那些文件时都表示很气恼，认为美国政府对于死亡事宜的要求太多太麻烦——但是我从来没见过这个信封，母亲解释说里面放的是父亲的律所转来的东西。"我还没顾上呢，"她说，"我手头正忙。"

我打开了信封。里面包括一些尚未支付的账单。其中一张是父亲的牙医寄来的：做X光检查和牙冠的账单。另一张是一家名为《司法》的期刊寄来的，让他付年度订阅费用。第三张来自美国律师协会，提醒他缴纳会费，现在已经晚了。第四张和第五张来自一家医疗诊所，要求支付实验工作的费用。信封里还有瓦拉瓦拉华盛顿州监狱的一名囚犯给他的信，问他是否有可能继续上诉，尽管在写这封信时，他已经被监禁了257个月。

我在家里找出了从监狱给我父亲写信的那个人的卷宗。他叫卡拉尼·卡莱卡马卡，他19岁时杀了他在西雅图住的公寓楼的经理英格·比林斯，并把她的女儿桑德拉绑起来，堵住她的嘴，还打了她。当时他是华盛顿大学的学生。犯下这些罪行之后，卡莱卡马卡逃往洛杉矶，在那里买了三瓶安眠药，在机场附近的"信

---

① 原文是9英寸乘12英寸。

号汽车旅馆"开了一间房。洛杉矶警方发现他时，他正跪在附近一个私人住宅的院子里，赤身裸体，两眼盯着花园水管的一头。后来，他在警车的后座上排便。警察把他送到了洛杉矶综合医院，卡莱卡马卡在那里割破了自己的手腕。不久，他被送回西雅图，戴着手铐被拉到县法院，以攻击和谋杀的罪名被传讯。

我父亲被任命为卡莱卡马卡的辩护律师。他的当事人泪流满面，情绪低落，他告诉我父亲，他对谋杀前十一天期间的生活毫无印象——他说，那十一天对他来说已经消失不见了。他只知道在这十一天结束时，他醒来时发现自己在公寓楼的洗衣房里，在英格·比林斯身后，正用手捂住她的嘴。"我的第一个念头是用手捂住她的嘴，"他说，"我想的是，'捅死她'。"

卡莱卡马卡当时上大学二年级，主修海洋学。他以前从未出现过精神疾病或是记忆缺失的症状。此刻，他在这里，在他公寓楼地下室的洗衣房里攻击英格·比林斯。他带了一个黑色的手提箱，手提箱里有一把四英寸长的猎刀、一卷黏胶带、一卷遮蔽胶带、两卷弹性绷带，还有一副手套。所有这些都在我父亲给他的当事人看的一份警方报告中有非常详细的记录。卡莱卡马卡对我父亲说，他不记得10月18日在市中心第四大道的乐蓬马歇百货公司买了手提箱，不记得那天从他的储蓄账户里取出了285美元，也不记得错过了第二天的动物学课和第三天的化学课。在他用手捂住英格·比林斯的嘴巴之前，他什么都不记得了，而当他从虚无的状态中清醒过来时，发现自己正在进行暴力攻击——他说，他并没有退出这场攻击。他告诉我父亲，事实上，他是在完全清醒的状态下在英格·比林斯的胸口捅了一刀。她当时就跑了，但他在隔壁的一间储藏室里追上了她，并把一件T恤盖在她的脸上。他掀开她的裙子，把她左腿上的尼龙长筒袜扯了下来，长筒袜是用吊袜带夹着的，他没有把长筒袜撕破，而是把它从她的腿上卷下来，然后用它勒住她的脖子，之后，他用遮蔽胶带贴住她的嘴，把她塞进一个储物柜。接下来，他上楼来到比林斯夫妇的公寓，这时他仍然是完全清醒的，他用胶带贴住桑德拉·比林斯的眼睛和嘴，把她的手绑到身后，把她脸朝下放在床上，并且把她的脚也绑上了。要不是桑德拉的父亲正好进了公寓，很可能那天在这栋楼里发生的就是两起谋杀案。但是，卡莱卡马卡跑了。

我父亲问了他的当事人几个有关从小成长环境的问题。卡莱卡马卡说，他在瓦胡岛长大，他的父亲在那里的甘蔗种植园工作；他有两个姐妹，四个兄弟；他是在一个公理会教堂受洗的；他当过童子军；他的爱好包括游泳和钓鱼。在高中时，他是一名优等生；夏天，他在甘蔗地里从早上5点工作到下午2点，把工资攒下来以备上大学时的不时之需。18岁那年，他第一次离开毛伊岛（他甚至从来没去过檀香山），他坐飞机到西雅图，进入华盛顿大学学习，并找了一份晚间的工作，在69街和罗斯福街交叉口处一家叫"小酒馆"的餐厅里打杂工。

我父亲很快就安排了一次精神疾病评估。"在我看来，杀人的动机仍然存在，仅仅是我的猜测，"一位精神病医生反馈给他,"也有可能这种动机会始终隐藏在那里。英格·比林斯曾经对卡莱卡马卡先生的打招呼不理不睬,所以犯罪动机可能来自性幻想,他对这个似乎具有敌意的母性形象和性探究对象产生了性幻想。犯罪的动机可能源自某种无意识甚至是有意识的性冲动,但是正如我所说,这些都属于猜测。目前,卡莱卡马卡先生是理性的,合作的,逻辑清楚,目标明确的,随和的,没有任何妄想症。他对当前事件的情绪是和谐的。他目前没有精神疾病,也没有精神病学上的障碍影响他接受审讯。"

父亲开始准备以精神失常来为他辩护,但是卡莱卡马卡出于内疚,阻止了父亲,卡莱卡马卡认了罪,并被判处终身监禁。而现在,四十多岁的他又来给父亲写信想要上诉。我不知道还能做什么,便试图把这件事转给父亲的律所,我在那里得知,在被告认罪的情况下是不可能上诉的。我只好写信告诉了卡莱卡马卡,我还告诉他我父亲已经去世了,建议他重新找一位律师,因为其他律师可能会与我在父亲的律所询问的那位律师有不同的观点。我写后面这段话大概率是出于自我安慰,因为我不想让他的希望破灭。

"我之前告诉他我想接受惩罚,"卡莱卡马卡回信说,"他"指的是我父亲,"他说,将来有一天,我可能会改变主意,所以要留有余地,但我当时很确定。还有一次他说:'你想要接受的这个惩罚,将是终身监禁。你才19岁。你只是暂时疯了。'我被判了刑,他一句话也没说。他只是低下头,把手放在我的肩膀上,直到他们把我带走。"

* * *

我在这本书前面提到的那位左翼年轻茶艺师名叫艾普瑞·奥尔森，就是不认同靠剥削用人来获得幸福的那位，她在我看来就像连载漫画里的"小孤儿安妮"。话虽这么说，但她的头发既不是明显的橙色，也没有那么蓬，而像是翻涌的波浪，翻涌在不畏艰险的流浪儿头顶。相比于红色或橙色，她的发色更接近于赤褐色，而且发量极多，像棉花糖一样堆在头顶，直接给艾普瑞的身高增加了十分之一。头发下面，她的脸倒成了次要的，甚至是附带的，缩在上面的波浪和下面的衣服中间。她穿的是有很多口袋的工装裤，还有一件苏联军队风格的夹克衫。如果让我猜，我会猜她选择衣服时主要考虑的是自我防卫，并且希望没人来烦她。有一次，她从我附近的桌子上收茶具时告诉我，她正在考虑皈依佛门，去尼姑庵里生活。我问她为什么会有这样的想法，她回答说："因为我不想要这个国家提供的任何东西。"

在关于俄罗斯男仆的那场论战中跟艾普瑞唱反调的那位名字叫卡米尔·波特，她也是茶馆里的茶艺师。我记得有一次，我从茶馆的窗户里隔着马路看见她骑了一辆橄榄绿色的摩托车来上班，还戴了配套的头盔，看上去有点像意大利人。她在指定的停车位里用力蹬出摩托车中间的脚撑，解下头盔，摘下头戴式的有色骑行眼镜。在卡米尔身后，喧闹的人行道上人来人往。当她踏上人行道时，有两个脖子上都系着彩色丝巾的年轻男子分别从她左右两侧绕过，然后重新并排走在一起，两人一步没停，一直在热烈地交谈。他们身后是一家卖美术用品的商店。一辆公交车驶过，然后我又看到了卡米尔，她肩上背着一个防水的邮差包，头盔夹在胳膊肘和胸脯之间。（我所说的"防水的邮差包"是指那种黄黑相间、用加强加厚的乙烯基材料制成的包，顶上有密封盖，即使掉进大峡谷东端的科罗拉多河里然后一直漂到鲍威尔湖，包里的文件也能保持干燥。）在卡米尔旁边的人行道上坐着三个挺年轻的人，他们冻得缩着身子，在我看来当时并没有在明着要钱，其中一个穿着一件连帽运动衫，外面套一件满是铆钉的黑色皮衣，另外两个人我不太看得清，细节就不记得了，尽管当时是因为有另一辆公交车挡住了我的视线，让我把注意力转移到了窗外一个坐着电动轮椅、腿上抱着一只小狗的大胡子男人身上，那个男人身子往后仰得厉害，像是在晒太阳。他脸上的表情像是永久性的惊讶。他的手虽然又粗又肿，像只爪子，但是操作起轮椅的控制杆来却是非常利索，在街上有如行云流水，不禁让人惊叹。我望着他和他的轮椅还有他的狗从行人旁边经过，逐渐远去，直到消失在视野里，然后，卡米尔又远远地出现在街对面，和其他人一起等红灯，或者，也可以说，她在看手机。

有一天，在茶馆客流冷清的时段——其实已经没有人进来了，所以只有我一个人在喝茶——卡米尔坐在离我不远的地方，她掀开防水邮差包的掀盖，掏出来一支自动铅笔、一个装满铅的塑料小瓶、一副装在硬盒子里的老花镜，还有一本封面印有佩斯利花纹的日记本。她和艾普瑞·奥尔森因为男仆问题的争执已经过去很久了，但是两人之间暗流涌动，仿佛随时可能再吵一回——我在喝乌龙茶或是抹茶的时候不可避免地注意到了这一点。这天，丹妮尔不在，尽管我竭力想让自己埋头看书，可还是忍不住亲眼看见了这两位茶艺师之间爆发的第二次争吵。这次争吵始于艾普瑞在卡米尔的茶桌前坐下了——是她自己不请自来——她说："今天是我辞职的日子，所以在我走出这扇门之前，我准备自断退路。"

"很好。"卡米尔说。

我没有抬头。相反，我继续假装自己完全沉浸在阅读中——这是很荒谬的，因为她们显然知道我坐的位置能听见她们的声音，不过她们俩显然都不关心这一点，正如我在她们眼里也是无足轻重。我让书成为我的眼罩，但是却竖起耳朵仔细地听，仿佛对我来说，听意味着有了活路，我就这样坐在那里，假装被爱丽丝·莫尔斯·厄尔所著的《殖民时期的家庭生活》深深吸引。这本书是我那天早上在居民区的某条街上的小型免费图书馆闲逛时看到的，于是我就把它带来了茶馆，我倒没打算读它，只是一时好奇。然而，《殖民时期的家庭生活》开头写道："当第一批移民在美国海岸登陆时，寻找或是制造住所的困难一定显得很讽刺，同时又几乎无法忍受。"这句话一下子吸引了我，我想知道在那这种情况下是什么显得很讽刺，"讽刺"二字究竟从何而来，于是便带着这样的兴致往下读。我甚至还掏出手机用谷歌搜索了"爱丽丝·莫尔斯·厄尔",结果发现她在一次"失败的埃及之行"中差点淹死在南塔克特岛附近。

"不,"艾普瑞·奥尔森说,"我是说——等等——不。你不能这么想。这是殖民主义。这是帝国主义。这是——我以为你是要,比如,粉碎父权制。你在想什么呢,卡米尔?"

"我在想,如果你今天辞职,那太好了。"

"天哪,我受不了了,"艾普瑞说,"你可真是顽固不化。你想想,"——她的语气是讽刺的——"像你这样的人,就像说:'生活是如此艰难,我们得干这么多的活儿,真是太糟糕了,让我们攻击其他人吧,抓点奴隶来帮我们干苦力。'可是那样意味着要把精力和资源用于发起攻击,意味着四面树敌,需要耗尽资源来进行防御,意味着其他人也可以抓你去当奴隶,所以这个系统很有问题。"

"你能离开我的地盘吗?"卡米尔问道。

"这不是'你的地盘',加引号的,"艾普瑞回答道,"实际上你此时此刻占据的是人民的地盘。"

"那就请你离开人民的地盘吧。"

"你闭嘴,"艾普瑞说,"你听我说。伙计,我这是为你好,因为你完全没有头脑。当时的情况是,像你这样的人最终会发现,与其浪费精力从其他群体那儿抢夺奴隶,不如把他们自己群体里的人变成奴隶。这就是所谓的封建主义。在你们的群体中,有一万人在贫困线上拼命地工作,才有一个人能买上一辆摩托车,举手投足像个意大利人,你懂的。"

"讲得真好。"卡米尔说。

"但是后来你发现必须得投入大量的资源来压迫农奴,因为农奴累了,会毁掉所有的摩托车,于是你尝试了一个新办法。你说:'我们这群人里没有人再当农奴了。我们将是自由的,有投票权,而真正的农奴将生活在离我们很远的地方。'"

"艾普瑞,"卡米尔的声音里带着嘲讽,"我感觉有人在威胁我。"

"这叫殖民主义,"艾普瑞说,"像你这样的人就靠从其他国家偷东西来发家致富。"

她们的对话暂停了一下。我抬头望了一眼。艾普瑞站起身,迅速走到柜台后面装散装茶的区域,那些茶都装在玻璃罐子里。她抓起其中一个玻璃罐,把它拿回来,在卡米尔那本封面有佩斯利花纹的日记本前面倒出了半罐的茶叶。一堆黑黑的干叶片。"你看见这个了吗?"艾普瑞问,"茶,就跟咖啡、巧克力和糖一样。英国那些有钱的浑蛋吃腻了肉和土豆,于是就好上了这一口。就像他们迷上海狸皮和水獭皮一样。茶。"她愤怒地把茶叶撒开,有些掉到了地上,"那些坏透了的浑蛋把人变成农奴,这样他们就可以坐在伦敦的茶馆里聊八卦。就像你骑浑蛋的摩托车,戴浑蛋的太阳镜。这种事还没有停止。你知道为什么吗?就是因为有你这样的笨蛋,根本不懂是怎么回事。"

艾普瑞站了起来,爆了一句粗口,然后扭头就往门外走。

卡米尔看了看我。然后她开始把艾普瑞撒在桌子上的散茶捡起来放回罐子里。"对不起，"她说，"我真的没想到。"

"不怪你。"我回答说。

* * *

一天上午，我和一个叫威廉·摩尔的年轻作家在茶馆碰头，他正在创作一部小说，暂时起名为《温暖的时光》（小说的第一句话是："丹恩在回家的路上。他刚刚在采摘沙丘边上生长的野生洋葱根。路上，他看见她在河谷里静静地走着。"）。威廉找到了我的电邮地址，跟我通了几封邮件之后给我发来了他的小说，我读了（是关于一对俊男靓女的浪漫故事，充满了激情和情欲。故事发生的背景是全球气温上升了八摄氏度，地球陷入危难之中），现在我们要当面聊聊。由于我们是第一次见面，威廉·摩尔身上的邋遢劲儿让我感到非常惊讶，就好像他刚刚掉进了垃圾车，或是刚刚从垃圾堆里潜水回来。他的头发可以用"毛毛糙糙"来形容，手又粗又大，下巴棱角分明，紫色的眼睛布满了血丝，尤其是左眼，瞳孔位于外眼角上方，被眼皮遮了一半。作为一个饱受挫折、敏感的尼安德特人，他对丹妮尔的茶点菜单斟酌了很长时间。"古树黑普洱。"他终于选好了，告诉了她。

茶馆里熙熙攘攘。丹妮尔把茶炊高高举起，从人群中走过。我们邻桌的茶客是三个人——穿的衣服足够抵御北极的严寒——

用普通话轻声交谈着。有人点了一种刺鼻的烟熏茶，大门一开一关，茶的树脂味便飘到了我们的卡座。柜台前，一对情侣亲密得简直像是雌雄同体，两人正打开茶叶罐的盖子一边闻，一边聊，一边旁若无人地接吻。在他们身后，有两个穿着连帽运动衫的女孩在排队等候，她们冷冷恨恨地瞪着那对情侣，那目光仿佛在说："行了，你们俩，要是想做那事，就去开房好了。"在她们后面，另一对情侣也在等着，他们俩面向彼此，私密地交谈。与此同时，在茶馆前面大大的窗户外面，一个左撇子正试图点一支烟，风太大，他换了好几个姿势想挡住风，可是都失败了。

"所以，"威廉说，"正如你可以从我的手稿中看出来的，我遇到困难了。"

我模棱两可地点点头。

"问题是这样的，"威廉继续说，"问题是我没有人物。不过我有木偶，所以我可以写全球变暖。但是这样就很没劲。因为，如果我关心的是全球变暖，那我干吗不直接写全球变暖呢？我想表达的是，非虚构作品缺乏吸引力，所以如果你想让人们参与进来，你就得讲一个故事。现在我开始意识到，美国有三亿多人，可是最畅销的小说销量是多少，一百万册？一百万，两百万，三百万，一千万？即便我写出有史以来最伟大的小说，卖得比谁都多，可是这个国家那百分之九十五永远不会读到它的人呢？更不用说欧洲的大多数人了，即使它被翻译成其他文字，更不用说中国的十几亿人、印度的十几亿人、非洲的十几亿人——

那可是三十几亿人。事实就是事实，事实就是，不论我的小说有多棒，从比例上来讲，几乎没几个人读我的小说，所以你认为它会对解决全球变暖有帮助吗？对不起——不是——是气候危机。"

威廉的那壶普洱茶上来了。他倒了一杯，抿了一大口，被苦得龇牙咧嘴。然后他从旁边座位上一个破纸袋里拿出皱巴巴、破破烂烂、用橡皮筋捆着的《温暖的时光》，朝桌子上一扔，叹了一口气。"这就是我的杰作。空洞，乏味。"他说，"我的破书。我这本书的主角是丹恩，讲的是他激动人心的冒险故事，他就像法比奥一样成功，只是因为气候变化，汗出得更多。"

"威廉，"我说，"要对自己有信心。"

"要对自己有信心，"威廉回答，"我应该说，从出生的那一天起，我就对自己有极大的信心。我还是小孩子的时候，遇到任何情况，不管是什么情况——体育、学业、社交，任何事情——我？我都对自己有信心。对自己有绝对信心的先生：威廉·摩尔。但是现在，威廉·摩尔写了这本狗屎一样的烂书——"说到这里，他举起破烂的书稿，"威廉·摩尔清楚地看到，作为一个作家，他很菜，威廉·摩尔现在已经完全没了自信，不仅仅是因为他写东西很菜。还有一件事是绝对相关的。我长大的地方有百分之九十九点九都是白人。周围也有拉美人——呜呼，拉美人——但是他们整天低着头不吭声，给我们修剪草坪。然后我来到了大学校园，我一点一点地认识到，不仅白人很菜，而且白人男性尤其菜，最菜的白人男性就是像我这样的，因为父母收入高，高到足够定期去一个相当像样的场地打高尔夫球。上层社会的白人男性——在电影里就是反派。我这样整天无所事事在那儿坐着是很无耻的。我上课的时候，教室里的每一个人都告诉我，说我就是标准的种族主义者，我怎么想并不重要——我要做的就是朝那儿一坐，只要我的皮肤是白的，我就是种族主义者，就这么简单——如果我不回应，只是静静地在那儿坐着，也是种族主义者，同时呢，如果我说话，不管我说的是什么，也都是种族主义者。现在我该承认这一点了，因为承认是第一步，之后，如果我不在脖子上挂个牌子说我是种族主义者，如果我不成为一个反对种族主义的活动家，不做点事让那些跟我一样的白人下台，我还是种族主义者。妈的。"威廉说，"更重要的是，我是个菜鸟作家，我当然想跑回家去，重新成为白人的国王——你难道不会吗？我应该怎么做，欢欣鼓舞吗？每次我坐下来写作，脑子里就有一个声音在叫：'嘿，白人，没人想听你的声音！因为你是个菜鸟作家，还因为你是白人！'"

　　威廉把他的手稿翻到背面。"就在我刚才来的时候，"他抱怨道，"就很像：哦，不，不会又是个白人吧。哦，不，等等，一个写关于全球变暖的小说的白人，很好，正好是我们需要的，又一个认为自己有话要说的白人，又一个傲慢愚蠢的白人，他应该闭嘴，而不是说话。那是什么，白人？我听到你在抱怨了吗？来吧，想怎么骂就怎么骂——反正你就是很菜。就是你这个人。不要跟我说你家亲戚只是一百年前从什么地方来的，所以你就和奴隶制没有关系。仍然是你这个人,你,威廉·摩尔,在你的白皮肤下面骨子里就是个种族主义者;你,威廉·摩尔,你就是错的;你,威廉·摩尔,很菜,就是菜。嘿,威廉,我们读了你的小说,你猜怎么着?你的小说就是狗屎。即使我们用白人发明的死气沉沉的、蹩脚的、乖戾的、用来帮他们赚钱、赚取地位的批评标准和美学理论来评价它,它也是狗屎;如果我们根据公平、智慧以及在文化上具有包容性的正确的评价标准来评价它,那它就是更臭的狗屎。我们现在知道,只有白人在坚持自己无效的、过时的、种族主义的想法,因为他们害怕失去自己手中的权力和特权,更不用提失去工作和财富了。我应该怎么写小说,你能告诉我吗?我,威廉·摩尔,这个白人?"

威廉把他那本破烂不堪的手稿推给我,身子往前倾过来,趴在桌子上。"还有一个问题,"他说,"就是我的主角不讨人喜欢。我一直在修改,想让他变得讨人喜欢。我必须处理好他是个男人的事实。现在所有的书,主角都不是"——威廉在这里打手势加了引号——"'男人'。关于是白人,我刚才说什么了?如果是男人,也一样。没有人想听另一个关于一个男人的故事。如果你希望你的小说里有一个男人,那你就得把他的男性荷尔蒙隐藏在创伤后应激障碍或者其他东西背后。他一定得有点问题。如果他拯救了世界,那必须是在违背他自身意愿的前提下。人们会给你一个不追女人的独行侠式的男人,但也就这一种了,这是剩下的唯一模式,而且即使这样也很危险,导致你最好让他当个配角，就是为了安全起见。因为否则就会有人翻白眼：'那个白痴太拘泥于过去了。'"威廉把他的茶杯拿起来给我看。"这种更好，"他说，"喝茶的男人。男人可以坐在茶馆里喝茶。而不是像我的角色那样，拿着肯塔基长步枪到处跑，给那些过于活跃的兔子挖陷阱。差劲。也许我应该放弃，当个网球教练。或者去当牙医。"他补充说。

威廉快速地喝了几口茶。"真的很差劲，"他说，"我的小说太差劲了。但是现在我有了一个不一样的想法。这部小说可以叫《西雅图的巴特勒夫妇》。《西雅图的巴特勒夫妇》将讲述一对中上层阶级白人巴特勒夫妇的故事，他们只是想正常地过日子——比如，上班，抚养孩子，度假，去好的餐馆吃饭——但是随后发生了西雅图之战。还记得这个吗？世贸组织开会期间的示威活动？"

"记得。"

"我当时好像8岁还是几岁。很奇怪的时间。哇。多么好的场景设定。因为这些示威者都跑到街上，试图改变世界的运作方式，而与此同时巴特勒和巴特勒夫人，乔和雪莉，或者叫比尔和凯西，他们只是想让生活按原来的方式继续下去。比如，巴特勒先生是金融分析师，他在做完一天的工作后被困在了市中心，因为警察封锁了街道。或者，再好一点，巴特勒先生和夫人按照每年的惯例住在市中心的奥林匹克四季酒店，他们去逛街买圣诞礼物，吃一顿丰盛的晚餐，然后在酒店房间里做爱，然后突然间——这些无政府主义者出现了。"

威廉又抿了一口普洱茶。"我不确定这个《西雅图的巴特勒夫妇》怎么样,"他说,"因为它好像跟《温暖的时光》差不多,只是要表达的观点不同。"

我拿着威廉的手稿走在回家的路上,耳边反复响起这句无声的咒语:"于是我们继续奋力前进,逆流而上,直至回到往昔岁月。"这是《了不起的盖茨比》结尾的一句话,这句叠句乍一听不太适合我当时的情况,但同时呢,我又怀疑关于心理活动的表达不一定是主动为之,也不一定符合因果原则,有可能只是脑子里恰好想到了,事后才建立起联系(如果真的能建立联系的话),所以,哪怕再牵强,哪怕冒着提出错误的个体心理学理论的风险,我也要大胆地说,《了不起的盖茨比》中的最后一句话可能在我和威廉·摩尔见面结束、在他走后、在我收拾东西准备回家的时候就已经涌进我的思绪——当时,我正在整理茶具——有一个男人凑过来问:"洗手间在这里吗?"这个人的打扮让你不可能不注意到他,因为他戴着超大号的猫头鹰眼镜,镜片是詹姆斯·乔伊斯那种时髦的无框镜片,可能是让我一下子下意识地想到了《了不起的盖茨比》里那个戴猫头鹰眼镜的男人,那个人证实盖茨比的书是真的,"有书页,该有的都有"。可能是出于这个原因,因为我对世界上戴猫头鹰眼镜的人是无感的,我想起菲茨杰拉德的次数也比他应得的要多,因为他在《了不起的盖茨比》里几乎就没怎么出现。总之,从这个人物,这个戴猫头鹰眼镜的男人，想到"于是我们继续奋力前进，逆流而上，直至回到往昔岁月"，这样的思维跳跃是可以理解的，这句话的意思我就不说了，但是——暂且不说它是什么意思——它像音乐一样凄美，也因此拥有了历久弥新的力量。

回到家，我去书架上找《了不起的盖茨比》，但是没找多长时间，因为我被别的小说分了心，最后带着闲来无事的好奇心读了它们的结尾——例如，亨利·菲尔丁的《莎美拉》："附言：自我写作以来，我有一个确切的记录，博比先生把他的妻子和威廉斯捉奸在床。他赶走了妻子，并在宗教法庭上起诉威廉斯。"我打开的最后一本小说是乔治·艾略特的《米德尔马契》："……你我的遭遇之所以不致如此悲惨，一半也得力于那些不求闻达、忠诚地度过一生，然后安息在无人凭吊的坟墓中的人。"

* * *

父亲的坟墓并不是无人拜谒。它就在我写东西的阁楼里，很方便，我一开始去的时候像个看门人，然后像一个窥视者，最后，我变成了研究员，被那里的档案所吸引。我坐在我的旧温莎椅上，把可弯曲的台灯拉到跟前，起初只是随意翻翻——我从手边最近的箱子里拿出来几本——但是后来，我扩大了阅读范围，并且按时间顺序来读，像玩手持式拼图游戏那样挪动箱子，直到形成一幅完整的画面。春天来了，我还在读，然后就到了夏天，一天夜里，大约两点，我听到了家附近的一个池塘里青蛙在齐声鸣叫，我合上了最后一个文件。

　　第二天，我开始把箱子拖到转运站。我把车停到放纸的垃圾箱旁边，一箱一箱地打开盖子，把文件上的夹子钉子拆下来，然后一把一把将文件扔出去。尽管我完全可以把箱子翻过来，把里面的东西直接倒掉，这样效率更高，但我没有这样做，因为在我一把一把将文件扔出去的时候，我的心里涌动着一些情愫。我这样搞了好几回——把一堆又高又厚的文件扔进可回收物垃圾箱，看着它们一个转身进入它们的安息之处，它们在那里砰然落地，依偎着挤在一起。我把文件投进繁忙的垃圾箱，那里弥漫着热垃圾和柴油燃烧的气味，我忙碌着，心中有一种对于人生基本事实的苦涩，感觉自己在把自己的处境浪漫化，仿佛有一种冲动，想要向旁边的人解释自己的行为，不论那人是谁，可是，每次我想解释时，都临时打消了主意，只有一次除外，当时一个女人说："某个人的文件，我也得处理，太糟糕了。"我接着她的话说："是我父亲的。"说完又拿起更多的文件。这一次，由于有了另一个人的认可，我感到胸中更加苦涩，仿佛得到了允许，甚至是受到了诱导。就这样，直到所有的文件都处理完毕，每一根钉子和回形针都被扔进了可回收金属垃圾箱，每一个纸箱也被拆开、压平，丢进了纸板垃圾箱。但我感觉我的处理仪式还没完成，因此，夏天的一个下午，在最后一次搬运结束之后，我去了最近的酒馆，公开展现自己的消沉。我坐在吧台前，面前放了一罐啤酒，当时外面的天很蓝，气温有29摄氏度[①]，我在相对黑暗的环境里一动不动地坐了好久。在那期间，我脑子里想的是这种间歇里容易出现的想法——丧钟为你而鸣；凡事皆有尽头；今天是个死亡的好日子；振作起来；为什么要浪费生命中的任何一刻让自己不快乐；总有一天太阳会温暖整个地球；一切都很疯狂，很荒谬；离开这儿，做点有用的事。旁边有一台自动点唱机，我在上面站了一会儿，投了几枚硬币，点了一首《风中的尘埃》。我把对着点唱机说话作为帮助我从消沉情绪中走出来的一个办法，从某种程度上说，还算不错，带点喜剧的力量（我不认为讽刺是我的强项，但是在境况糟糕的时候也会用这种办法）。然后，走回到吧台凳子的途中，我拿起飞镖向一个目标投掷，还玩了几把沙狐球。我正往沙狐球桌的尽头走，这时，吧台前的一个人——酒馆里另一位、也是唯一的一位顾客——飞快地朝我的方向转过身来，急吼吼地喊："《风中的尘埃》？"

"对不起。"我回答。

他没再说什么，之后我们也没再说话。我在那儿待了两个小时，就我和他两个客人。我，他，还有酒保。

[①] 八十五华氏度。

*　*　*

所有的箱子都搬走之后,我用吸尘器把阁楼的地板吸了一遍——地板是松木的,经年累月过去,已经收缩变形,每块之间的缝隙已经成了很长的坑,最好得用美缝材料来解决这个问题。这就意味着如果我想满足自己对家庭清洁的热忱,就需要有条不紊、一排一排地做,蹲下来,每次处理一条缝。我就是这么做的。做美缝的时候,我还注意到地板的细节——结点、瑕疵、间距、纹路——箱子拿走之后,这些都能看见。现在箱子不再堆到天花板,窗外的光线可以把整个房间照亮。在做这些工作时,我突然发现了父亲的公文包,他去世之后,我把它拿回了家,塞在书桌下面的小洞里,心里想着放在那里应该不会绊倒人,而且它在脚凳旁边那个藏身洞里看着鬼鬼祟祟的,恰好和房间里坟冢般的寂静融为一体。的确是这种感觉。父亲的公文包带着一种孤独、落寞、破旧、老派的氛围,很适合阁楼的沉寂。亲人死后,人们很容易产生一种被背叛的难过,我就是带着这样一种难过把父亲的公文包翻了个底朝天,因为我手中的这些东西还带着曾经主人的气息。不过,在包前面的翻盖里,我发现了三个揉成团的塑料袋——毫无疑问,是之前用来装麦片的——有一袋柠檬汁,还有一个塑料笔袋,已经老化、发黄,出现了裂痕,显然父亲已经不用它了,但是还没有扔掉。除此之外,除了相当多的法律文件外,父亲的公文包里只有一份折起来的《西雅图时报》,因为广告页面被拿掉了，所以很薄。

我把包里的东西拿出来放在书桌上，我的书桌是瘦长形的，我把文件从左到右放好，像展陈一样排列整齐，然后我把所有的纸质文件堆在椅子前面，坐下，把台灯拉到跟前，好仔仔细细地看看父亲工作生涯最后的痕迹，有哈维案的摘要、证词、命令、授权书等，在他去世那天，我就对着这些文件哭了一场。在这些文件中，我发现了阿贝巴·特梅思根的收养文档，几个月前我就为父亲打印出来了——有47页，很难不让人好奇德尔文和贝琪·哈维怎么会被获准收养。关于这个问题，我想我可以回答，是因为美国人的宪法权利优先于来自其他国家的儿童的权利。让我换一种说法。根据《第一修正案》，哈维夫妇可以借宗教的名义殴打他们的孩子，而批准他们成为养父母的机构由于受到《第十四修正案》的约束，无法在审核过程中问及此事。宗教自由权和隐私权在涉及国际收养事宜的领域还存在盲区，因而，最后的结果就是阿贝巴·特梅思根的遭遇。

不过，以下是后来发生的事。我发现了斯卡吉特县首席刑事副检察官林肯·斯蒂文斯写给位于西雅图的收养机构总部的一封信，父亲在信上贴了一张便笺纸。信的部分内容是："关于提供有关阿比盖尔·哈维死亡情况的要求，请知悉并请转告埃塞俄比亚有关当局，目前正在进行调查，与本国任何其他执法机构和检察官办公室一样，在调查结束之前，我们不会透露相关事实、情况、推测等任何信息，也不会以任何方式对此进行讨论。"

我把那一页翻了过去。后面是一封信的复印件，是父亲在去世前三周亲笔写给埃塞俄比亚妇女和儿童事务部部长的。他写道："由于我在本案中担任一名被告的代理律师，我与您联系可能让您感到诧异，但是我知道您有兴趣获得与阿贝巴·特梅思根之死有关的信息，我觉得我应该通知您，有大量信息已经进入公共档案，因而任何人都可以查到，此外，随着时间的推移，我们将获得更多的信息，其中有很多也会进入公共档案，尽管出于保护未成年人隐私的考虑，这些信息不可避免会被编辑。

"据我所知，有两个途径可以获得这些信息。第一种是申请出现在案宗目录中的文件，您可以联系华盛顿州斯卡吉特县的书记处来申请。第二种是根据《信息自由法》提出申请。虽然此类申请通常由记者提出，但是对于《信息自由法》权限范围内的信息，这里的法律并未限定只有记者才有资格获取。任何人都可以申请获得——对于这种方式，同样是向斯卡吉特县提出申请。我所说的这些可能您已经知道，但是谨慎起见，为了以防万一，我还是给您写了这封信。

"我写这封信也是因为我想说，而且觉得有必要说，我对阿贝巴·特梅思根的遭遇感到难过、愤怒和震惊。我觉得我所在的国家允许德尔文和贝琪·哈维收养她是错误的。鉴于所发生的情况，如果您对我们有什么看法，我不会责怪您。在国际收养领域，我们还需要更多的监管，有些工作可以在州一级进行。我们可以让本州境内有许可权的收养机构做得更好。等这个案子结束,我打算研究一下这个问题。"

* * *

我提交了一份基于《信息自由法》的申请,并通过这种方式获得了会谈记录、宣誓书、调查记录、事件报告、实验室结果、证人证词、嫌疑人证词、医疗记录、意向声明——简而言之,所有相关的文件都有,但是除此之外竟然还有一份阿贝巴·特梅思根的家庭教育作业复印件。标题是《我记忆中的埃塞俄比亚》,里面写道:

> 我在埃塞俄比亚的时候,有一次,我看见几只鬣狗吃了一头奶牛。我感觉撒旦就在那里。在埃塞俄比亚,有些小孩跟我一样,相信有些人会在晚上变成鬣狗,到处偷鸡吃。我很害怕。我以为他们还会吃小孩。人们是这么说的。他们说有的鬣狗像人那样用两只脚跑步,它们就吃小孩。他们说,晚上,如果鬣狗人找不到小孩吃,就会去墓地,把坟掘开。他们说,鬣狗人向撒旦祈祷。他们说,它们会推倒栅栏,打开谷仓,吃掉山羊。在晚上,我经常会听到鬣狗人的笑声。他们的叫声有时像狗,但他们也会笑。我记得这个。我记得他们笑的方式。听起来像人。确切地说,就像我家房子墙外的人,

就像此时此刻这个国家的人。不过,在这里,我是隔着一个壁橱的门听见的。

* * *

华盛顿州重新开始了对哈维夫妇的审讯:由于父亲的去世,审讯没有完成。很长时间以来,我对贝琪和德尔文·哈维的命运越发感到好奇,一直关注着事态的发展,比如我经常上网查阅他们的案件档案,直到春天,重审日期确定下来,我等到毫无悬念的有罪判决宣布之后,就去了弗农山参加宣判。斯卡吉特县的风很大,新闻里说,一年一度的郁金香狂欢节恐怕要提前结束,因为气温比维持它们寿命的最适宜温度要高。果然,在广阔的三角洲上,这些著名的花看着有点打蔫,已经开始枯萎了。光秃秃的大地一马平川,一棵树也没有,和灰蒙蒙的天空融为一体。这样的画面让人感到痛苦,但同时又让人感到宁静。

在斯卡吉特县法院,我在安检设备前等着,我想起了父亲在那儿的一些搞笑时刻,他每天都觉得自己一定会被叫出来搜身,因为他确实经常因为莫名其妙的原因触发警报、铃声、哨声、蜂鸣器声,好像金属探测门对他尤其感兴趣。值班的警员总会告诉父亲,他不必脱鞋也不必卸下腰带,但是确实需要把口袋里的东西都拿出来,放在她推给他的碗里。做完这个动作,他就会收拾好自己,试图飞快地冲过去,好像速度会影响安检结果似的。然后第二个警员会把他拉到一旁,用手持金属探测器例行公事地沿着他的四肢扫一遍,而父亲则伸平胳膊站在那里,提醒他说:"这一切都是从'9·11'之后开始的。"

乔吉特没在旁听席里,但我注意到有不少熟面孔,包括穿着白色薄纱衣服的埃塞俄比亚妇女,也包括我旁边的一个男人,这个人我去年夏天经常见到,但是从来没跟他说过话。他经常跟他的妻子一同出席,看着年近七旬,面色红润。在我们等待上午的诉讼开始时,他做了自我介绍,说他退休前是一位建筑师,在职业生涯中他一直热衷于对称,一直在想办法把对称融入他的设计中,并为此同工程师和客户进行了无数斗争,而在去年夏天的审讯中,他很高兴地注意到这间法庭的诸多对称性,他说,法庭的对称和秩序都给这个地方带来了一种必要的庄严,如果没有这种庄严感,为实现正义所做的努力就会大打折扣,因为他强烈相信对称所产生的心理作用。但是有一件事困扰着他。陪审员席只位于法庭的一侧,即最靠近检察官桌子的那一侧。为什么不把一半的陪审员放在一边,一半放在另一边呢?这时,坐在他右边的妻子凑了过来,突然改变了话题。她说,在去年夏天的事件之后,她对埃塞俄比亚这个国家产生了好奇心,一直在读有关埃塞俄比亚的文章,并在阅读过程中遇到了被她称为"两个日历之谜"的问题。她说,埃塞俄比亚有十三个月,除了这一事实之外,那里的元旦是在我们的9月,而埃塞俄比亚现在的年份比我们要晚七年,她解释说,除此之外,埃塞俄比亚的一天是从黎明开始的,而不是从午夜。他们的一天从我们这边的早上6点开始，她对我们说，这是有道理的，因为在埃塞俄比亚，由于靠近赤道，太阳每天都在几乎同一时间升起。埃塞俄比亚人在这方面是有规律可循的，但我们没有。（这是她的理论。）因此，她接着说，埃塞俄比亚和西方惯用的计时方法之间的转换是一个问题，首先，使用二十四小时制——意味着"0100"代表凌晨一点，"1300"代表下午一点——然后还要再加上六个小时。因此，她解释说，如果你在埃塞俄比亚，有人对你说，"现在是8点"，你要做个加法，并在心里想一下，"对我来说，这就是0800再加上六个小时，或者说1400"，然后你就可以转换成十二小时制，也就是下午2点，她说，那是她丈夫午睡的时间。

林肯·斯蒂文斯进来了，然后是帕姆·伯里斯和她的当事人德尔文·哈维，然后是贝琪·哈维，陪同她的是她的新律师，一个叫安吉拉·穆林斯的女人，我觉得她差不多40岁吧，我感觉她有点冷。话虽这么说，但我也知道自己对她的感受是不客观的。对我来说，她主要并且显然是在这个场合中取代我父亲的人，因此她呈现给我的是一种惊异和悲伤的感受，而不是一个人。至于德尔文和贝琪·哈维，在我看来他们俩没什么变化，虽然两人都瘦了一点，而且都有一种很少见到阳光的人脸上那种黄疸似的苍白。

上午9点开庭时，旁听席上已经坐满了人——每张长凳都坐满了，还有更多的人站在后面，我们所有人都准备听玛丽·安·拉斯穆森法官对这一可怕、悲惨、令人愤怒的案件的看法。她从眼镜上方望着我们，说："我认为，在这场审讯的某个时刻，我们每个人、所有人都感到震惊，感到说不出话，感到不可理喻。我完全不知道该如何理解。这不属于经常与虐待杀人案件有关的精神疾病或药物滥用问题，也不属于酒精或其他任何因素导致的问题。是别的东西。在我看来，这是一种恶———一种伪装成更高的道德、更优越甚至是最高道德的恶。德尔文和贝琪·哈维，你们不是受害者，在这里，你们是行凶者。然而，我没有看到你们有丝毫的悔意，一丁点儿也没有，只有更多的执迷不悟。在你们的头脑里，你们仍然是对的，你们仍然是并且将一直是对的。发生了什么并不重要，你们永远是对的。我要告诉你们一些事。我要告诉你们，这个判决不是为了什么。第一，不是为了威慑，完全不是。没有人会因为我即将对你们的恶行做出的判决而受到威慑，不会的。还是会有人认为自己做得对，就像你们两个人认为自己是对的一样，他们也会因此而继续做坏事。第二，不是为了改过，因为我不相信你们当中的任何一个会改过。你们太相信自己了，不可能改过自新。你们有百分之一百的信心，坚信自己没有犯罪，坚信法律系统、治安官办公室、儿童保护服务中心和其他所有人一起设计了一个很大的阴谋，目的是把你们拉下马。你们就是这么想的，并且会一直这么想。你们将始终看到一个被误导的、错误的世界，因为这个世界与你们的观点不一致，这就没有了改过的基础。所以，那么，判决是为了什么呢？对贝琪和德尔文·哈维的判决，是一种谴责，是一种共同道德观的表达，而你们用行动藐视和否认了这种道德观。你们在这里受到谴责。你们生活的社会正在向你们传递一个信息，也在向这个社会自身传递一个信息，提醒它遵守行为准则，并确认自己的愿景。所以你们在这里受到谴责，同时，同样重要的是，我要通过对你们的判决，承认受害者的生命非常重要，在价值上等同于任何一个生命，不可以被随意剥夺，社会会介入进来，说：'绝对不行，如果你们这样做，你们必须付出代价。'因此，你们将要付出代价。我判处你，德尔文·哈维，在华盛顿州的监狱中服刑三十七年，然后才能被释放；我判处你，贝琪·哈维，也是在华盛顿州的监狱中服刑三十七年，然后才能被释放。这是我权限内能够判处的最高刑期，我决定充分利用这个权限。"

* * *

我喜欢写小说的一个原因是，在小说里，痛苦的情绪不需要亲身经历，也可以被感知到。我在编造，所有的一切都没有发生，如果有人受苦，但实际上他们并没有真正受苦，如果有人死亡，那他们也并没有真正死亡。所有发生的事，只发生在我的脑海里。最终发生了什么并不重要。如果有一个人坐在那里画肖像时突然从悬崖上摔下来，如果有人暗恋了二十年，有人在法院的三楼得了中风，或者有人在挨饿和挨打后被冻死，如果这些事发生在我所编造的故事里，痛苦的情绪只会被读者感受到。我并不是说我自己在编造这些事，并且把它们写在纸上的过程中从来没有感受到情绪。我是说，我所感受到的东西缺乏那些并非由我编造的事物的力量。"如果作家没有眼泪，读者就没有眼泪。"据说是某位名人说的，但是，无论这种眼泪对于生活来说是多么不可或缺，也仍然是外来的——可以这么说，是另一种形式的眼泪，这种泪水主要是宣泄性的，给我们一个出口（或者有人是这么认为的），并给予心灵虚假的净化。至于我自己的眼泪，多年来，我写小说的时候会流下泪水，但是应该指出，这些泪水是在虚构的过程中流的，当然这是显而易见的。难道还能有其他原因吗？我的眼泪是在设计世界的过程中流的。我在各种想法之间徘徊。我在那里，从旁观者的角度进行仲裁和统治。我接受到来的一切，又抛弃一切。我修补、刮削、上釉、填充。不，并不总是纯凭我的意志。来自内心的压力也会在我的书页里找到去处。不过，在很大程度上，我其实是个工程师。我计算压力，分析距离。并没有阿贝巴·特梅思根这个人。或者即使有，也只是一个叫阿贝巴·特梅思根的角色，最后，我让这个人活在了书稿里。

在写完所有这些文字之后，如今，有时当我想起父亲时，我会想起李尔王，想起这个人物和这部戏。在他临终之时，他的女儿问他："尊敬的陛下，您还好吗？"他回答说："你不应把我从坟墓中拖出来；/你的灵魂被赋予恩泽；但我却被缚在/火轮之上，连我的眼泪/都像熔铅一样灼烧着我的脸。"然后告诉她，

"你不爱我。"

在他的回忆录《遗产》（副标题是"一个真实的故事"）的最后一页，菲利普·罗斯写道，他梦见了自己刚刚去世的父亲赫尔曼，父亲从墓中回来了，斥责儿子给他"穿错了衣服，让他永世都是错的"。罗斯第二天早晨醒来时，对此做出的解读是：衣服等于"遗产"。因为"遗产"充满了痛苦，赤裸裸地侵入赫尔曼的思想、身体以及——如果你愿意的话——灵魂，所以他一想起"遗产"，就会再一次听见老父亲的训斥，再一次感受到良心的刺痛。儿子把父亲的衰老和死亡拿来笑话，是不是就对不起父亲，这是值得商榷的，但是罗斯向他的读者阐述了他对此的愧疚，这一点也是无可争议的。然而，他暗示说，他的内疚感得以减轻，是赫尔曼继续存在于《遗产》中。赫尔曼的生命之光依然存在，并没有完全熄灭。即便作为一个影子，父亲也依然困扰着儿子——不仅仅是在儿子的梦里，还在他的文字里。

* * *

一天晚上，我们一起上床之后不久——风不断地拍打着我们的房子，把挂在钩子上的结婚照都刮动了——艾莉森给我看她看到的一本名为《日本死亡诗》的书（副标题为"禅僧和俳句诗人在死亡边缘所作"），她的鼻子上架着猫眼老花镜，大声读了几句，最后一句是："我渴望人们——然后我又厌恶他们：秋天结束了。"

她摘下老花镜。"我渴望人们,然后我又厌恶他们,"她说,"我觉得还是有点道理的。但是作为一首死亡诗,还是让我有点惊讶。"

在我们床头台灯的金色光芒里,她突然又戴上老花镜,翻了几页。"听听这个,"她说,"我一生都在磨我的剑,现在,面对死亡,我拔出剑鞘,呵——剑刃断了——唉!"

她把台灯关了。"这首诗不错,"她表示,"太多的死亡诗都是关于樱花或者李子树的。然后这个人出现了,他最后决定只说,唉,我花了一辈子的时间来准备,可是现在我的剑断了。"

我们大笑起来。然后艾莉森说了一些话,有时,临睡觉的时候她会说这样的话。"你爸爸一直到最后都让他的剑保持了锋利。"她说。艾莉森的声音很美。"但是他现在走了,我的父母也走了,你妈妈,我不知道,现在外面的风呼呼的,她也许正一个人躺在床上睡不着。"

我转身面朝着她。在黑暗中,我们靠在一起。"我们可以爱人,"艾莉森低声说,"还需要什么呢?"